혼자여서 괜찮은 하루

일러두기

이 책은《혼자여서 괜찮은 하루》의 선셋 에디션입니다.

혼자여서 괜찮은 하루

곽정은 에세이

세상을 보는 사람은 그저 꿈을 꿀 뿐이지만,
자신의 내면을 보는 사람은 비로소 꿈에서 깨어난다.

_ 칼 융 Carl Jung

목차

2장 나에게 나를 맡긴다

3장 사랑의 색다른 완성

4장 혼자일 권리

5장 세 가지 삶

6장 혼자여서 괜찮은 삶

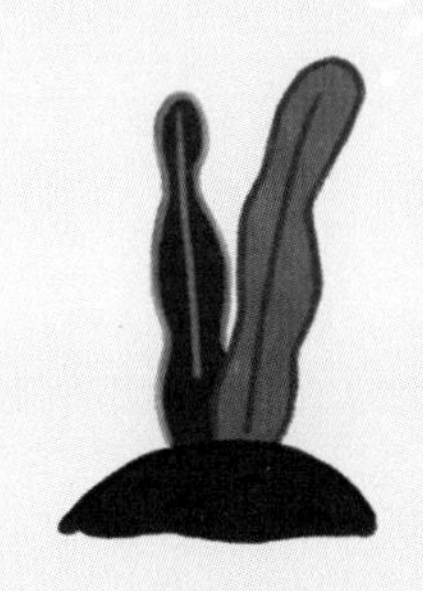

개정판을 내면서

한 권의 책이 출간될 때에는 그저 작가의 이름이 가장 많은 주목을 받지만, 사실 그 안에는 수많은 사람들의 마음과 시간이 포개져 있다. 씨실과 날실처럼 그것들이 엮여, 비로소 한 권의 책이 되어 우리 손에 들어오게 되는 것이다.《혼자여서 괜찮은 하루》의 첫 번째 버전이 많은 사랑을 받은 후, 다시 한번 소중한 이들의 마음과 시간을 포개어 개정판을 내게 되었다.

한 사람의 내면을 하나의 집에 비유한다면, 닫히고 가려진 방문 없이 모두 활짝 열어젖히는 일이 우리 모두에게 필요하다. 문을 열어야 자신의 어두웠던 내면을 인지하게 되고, 내면을 인지해야 스스로에게 다정해질 수 있으니까. 그렇게 내게 이 책은 방문을 열어젖히는 작업과도 같았다.

더불어, '이야기된 고통은 더 이상 고통이 아니다'라는 말을 좋아한다. 이 책에 나의 결핍과 슬픔을 털어놓는 순간, 나 역시 스스로를 구할 수 있었고 더욱이 많은 사람들이 '이해받고 위로받았다'고 고백해주었다. 밤을 새워 이 책을 읽고 한없이 위로받았다던 독자의 메일에 내가 다시 위로받는 그 밤을 잊지 못한다.

의미 있는 삶을 살고 싶은 모든 혼자들에게,
이 책이 마치 좋은 친구처럼 위로가 되길 바란다.

2019년 가을의 초입,
곽정은

\
프롤로그

새삼, 내 인생 첫 번째 책을 냈던 10년 전을 생각한다. 내 안의 무언가가 서서히 쌓이고 그것이 마치 컵에 가득 찬 물이 출렁이다 못해 흘러넘치는 것 같다는 생각이 들었을 때 나는 첫 책을 쓰기 시작했다. 돌아보면 지난 10년은, 인생의 많은 기회와 결정 앞에서 그저 혼자인 채로 잘 존재하기 위해 노력했던 시간이었다. 야근을 하고 돌아와 밤새 홀로 써내려간 글들이 나를 작가로 살게 했고, 가부장제로부터 홀로 빠져 나온 일이 나를 자유로운 여성의 삶으로 인도했으며, 십수 년 동안 일했던 거대한 조직으로부터 나온 일이 일하는 사람으로서 큰 확장과 성장을 경험하게 해주었다. 나라는 존재가 한 인간으로 성장하는 데 있어, '혼자'를 추구하는 일이 인생의 고비마다 또렷한 이정표가 되어 주었음을 부정할 수 없다.

이 책은, 내가 '혼자여서 괜찮은 인생'을 살기 위해 애쓴 날들의 기록이다. 연애 칼럼니스트로 세상에 이름을 알린 사람이, 혼자의 가치를 말한다는 것이 역설적으로 받아들여질 수도 있음을 모르지 않는다. 하지만 언제나 진실은 눈에 보이는 것 그 너머에 존재하지 않던가. 세상의 많은 것으로부터 살가운 위로를 이미 많이 전해 받았다. 지금 혼자서 걷는 당신에게, 내 이야기가 더운 여름날 한 자락 바람 같은 위로가 된다면 그것으로 충분한 일이다. 혼자서 행복한 이 삶을 선물해준 부모님과 늘 응원해주는 가족들, 그리고 10년 전의 첫 책과 이 책을 쓰도록 독려해준 박영미 대표에게 깊은 고마움을 전한다.

그저, 기쁨과 슬픔이 강물처럼 흐르는 이 삶에 감사한다.

2019년 봄,

곽정은

1장

그렇게 어른이 된다

맥주

노을 진다

한강에서 열심히 파워워킹 하다가 문득 멈춰 서버렸다. 노을이 붉게 물드는 저녁 하늘이 예뻐 멈췄을 뿐인데, 가슴 한편이 나도 모르게 울컥하고 밖으로 밀려 나오고 마는 것이다. 썩 나쁘지 않은 하루였는데, 요즘 특별히 안 좋은 일이 있었던 것도 아닌데 알 수 없는 서글픔이 밀려드는 그런 이상한 순간. 아마도 예전의 나라면 이렇게 생각했을지 모른다. '뭐야 왜 이래, 나 설마 우울증인가?' 마치 남의 일 대하듯이, 남의 병을 진단하듯이 그렇게 나를 대하는 방법밖에 몰랐을 게 확실하다. 하지만 무언가 변하긴 변한 것이다. 노을 풍경에 별안간 울컥하는 나를 알아차리고, 그 마음이 어디에서 출발했는지 아주 평화롭게 나의 감정을 짚어 내려간다. 그리고 다시 한번 '알아차린다' 인생을 하루에 비유한다면, 머지않아 나에게도 곧 저 노을과 같은 시간이 들이닥치겠구나, 라는 생각을 스스로 하고 있다는 것을.

내 안의 갈증과 불안을 어떻게 처리해야 할지 몰라 누구에게라도 내 존재를 맡기고 싶던 시간이 있었다. 공짜로 주어진 젊음에 대한 큰 감흥 없이 하루를 흘려보내고, 영원히 젊을 것처럼, 그렇게 젊음을 써서 치우던 날들이었다. 가슴 속엔 두려움과 긴장을 늘 갖고 살면서, '인생이 원래 다 그런 거겠지…' 손쉽게 넘겨짚던 시절이기도 했다.

노을을 보는 것만으로 괜스레 마음이 울컥하는 이 시기가 되고 나서야 깨닫는다. 인생에 그다지 무서울 것이 없는 내가 되고나니, 이제는 오직 시간만이 무섭도록 빨리 흐른다는 것을. 오늘의 나를 어떻게 대접하는가의 문제가 내일의 내 시간을, 내 삶을 만든다는 것을. 그래, 너무 오랫동안 내 안의 소리를 듣지 않고 살았구나. 인생이 처음이라는 이유로 소중한 것들에 눈을 감고 그저 앞으로만 뛰었구나. 마음에, 밀물과 썰물이 교차하듯 절반의 후회와 또 나머지 절반의 희망이 그렇게 아프게 뒤섞인다.

40년을 살고서야, 나는 비로소 나의 제일 좋은 친구가 되었다는 생각을 한다. 언젠가 나의 생이 영원한 어둠 직전에 뜨겁게 붉어진 노을처럼 느껴질 때, 나는 지금의 이 마음을 기억할 수 있을까. 나는 지금보다 더 좋은 사람이 되어 있을까.

나는, 어떤 모습으로 어둠을 기다리는 사람이 될까.

내리막의 밤

어떤 밤에는 요즘의 삶이 그럭저럭
잘 풀리는 듯 느껴지지만
또 어떤 밤에는 삶이 이렇게까지
나에게 불친절할 일인가 생각될 때도 있다.
매일 밤 기분이 달라지듯
밤마다 스스로에 대한 평가도 달라지는 것 같은 그런 시간.

하지만 우리가 우리 자신에게 말해줄 수 있는
단 하나의 진실이 있다면
그처럼 다른 온도로 느껴지는 시간이
결국 인생을 구성하는 무언가라는 사실이다.
그 일들이 없었다면, 지금만큼의 단단한 우리도
존재하지 않았을 거라는 사실이다.

오늘이 만약 내리막 같은 날이었다면
그 힘듦을 알아차리고 그것을 내 인생의 일부로 수용할 것.
수용하는 만큼 나의 내면은 단단해지고
받아들이는 만큼 자신의 선택에 관해 명료해지기 때문이다.
그것이 다시 오지 않을 우리의 하루,
다시 오지 않을 이 밤을 지내는 가장 좋은 방법이다.

도로 위의 나

운전이 요즘처럼 즐거울 때가 있었던가.
도로의 흐름 속에 하나가 되고, 갑작스레 끼어드는 차에 흔한 분노를 보여주기보다는 '그럴 만한 일이 있겠거니…' 헤아리는 그런 순간들. 빨리 달리면 빨리 달리는 대로, 그 순간에 온전히 멈추어 바라보는 연습을 하고 또 한다.

운전하는 이의 모습은 삶을 대하는 우리의 모습과 크게 다르지 않은 것 같다. 목적지로 향하는 길 위에서, 우리는 더 일찍 출발하지 않았음을 후회하기도 하고, 이러다 늦으면 어떡하지, 라며 마음이 먼저 저 멀리 달아나 버리기도 한다. 막히는 길에서 누군가 끼어들기라도 하면 불같이 화를 내며 별 소용도 없는 분노에 스스로 휩싸여 버리고 마는 것이다. 지금 이 순간에 온전히 존재할 수 없는데, 인생을 제대로 살고 있다고 말할 수 있을까? 순간의 감정이 이끄는 대로 반응하는 방법밖에 모르는데, 내가 원하는 대로 명료하게 대응하며 살고 있다고 말해도 좋은 것일까?

나는 느낄 수 있다. 나의 시간이, 평온함으로 물들어 가고 있다는 것을. 과거로 향하는 자책과 미래를 향한 불안이 때때로 내 앞을 가로막으면 다정하고 조금은 느긋한 심정으로 그 감정들을 바라본다. '그래, 자책할 수 있지', '그래, 불안해 할 만하지' 다정하고 느릿하게 지켜본다. 삶을 있는 그대로 수용한다는 것이, 바로 이 지켜봄에서 시작함을 알기 때문이다. 기쁜 순간도 그대로 받아들인다. 괴로운 순간이 오더라도 그저 수용한다. 수많은 감정이 오고 또 지나가더라도, 그것은 내가 인간이기에 겪는 '당연한 것들'임을 인정한다.

나의 모든 삶을 수용합니다.
나의 모든 삶을 인정합니다.

다들 열심히 운전하는 모습이 비슷해 보이지만
그 마음 모두 같을 수 없다.
다들 열심히 사는 것이 비슷해 보이지만
그 마음 모두 같을 수 없듯이.

문

더 일찍 알았다면 어땠을까? '내가 혼자구나', '내가 외롭구나'라고 느낄 때가 인생을 더 좋은 쪽으로 향하게 만드는 문이 열리는 순간이라는 걸.

사람들과 하하호호 함께 웃고 떠들 때는 잘 보이지 않는, 더 깊은 성장으로 가는 그런 문. 어떤 사람들은 그 문을 아예 보지 못하지만, 어떤 사람들은 희미하게 그 문을 알아보고도 앞에서만 서성거리다 발걸음을 옮겨 버린다.

혼자 시간을 보내도 그렇게 적적하지 않을 때, 세상은 '연애 세포가 사라진 거'라며 은근히 겁을 주지만,

나는 감히 말하겠다.

삶이란 그 순간 더 풍성해질 수 있는 것이라고. 그리고 나와 좋은 관계를 만들어갈 수 있는 사람을 알아보는 통찰력도 그때 생기는 것이라고.

\
하루를 얻고
하루를 잃다

기쁨도 한 철, 슬픔도 한 철
시간이 지나면 아픔도 덜어지겠지만,
그 아픔 모두 사라질 때쯤에는
나도 예전의 나만큼 젊지는 않겠지.
시간만이 건넬 수 있는 위로
시간만이 앗아갈 수 있는 무엇.
하루를 얻고 그러나 하루를 잃는,
어쩌면 삶이란 이런 것이 아닐까.

서른 마흔 그리고 결혼

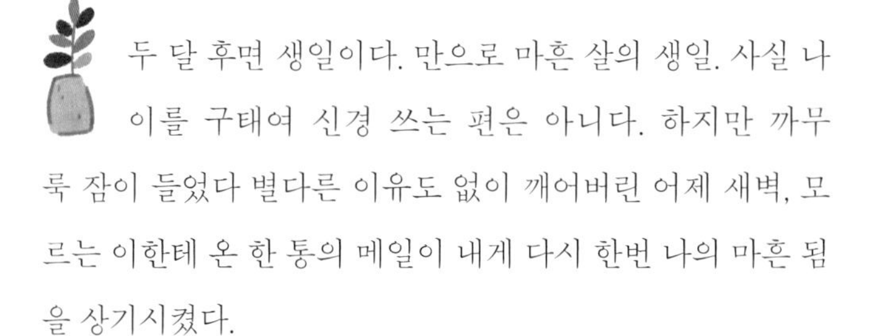

두 달 후면 생일이다. 만으로 마흔 살의 생일. 사실 나이를 구태여 신경 쓰는 편은 아니다. 하지만 까무룩 잠이 들었다 별다른 이유도 없이 깨어버린 어제 새벽, 모르는 이한테 온 한 통의 메일이 내게 다시 한번 나의 마흔 됨을 상기시켰다.

"친구들은 이미 결혼해 아이도 낳고 집도 샀는데, 아무것도 이루지 못한 것 같아 조바심이 난다."라는 내 또래 여자의 고백. 이러다 결국 혼자 늙어갈까 봐 무서워 누구라도 만나야 할 것 같다는 넋두리였다. 잠결에 눈을 반밖에 못 뜨고 읽다가 이내 또렷이 각성되었다. 10년 전, 과거의 내가 보낸 것만 같은 기시감이 낯선 이의 편지 속에 있었다.

10년 전, 그러니까 서른 살의 나는 그저 열심히 일하는 직장인이었고 나름 착한 딸이었지만 스스로 규정하는 나는 그렇지 못했다. '친구들은 다들 결혼하는데 나만 뒤처진', '어쩌면 나만 아이를 못 가질지도 모를' 같은 문장들이 머릿속을 채우고 나를 조급하게 만들었다. 결혼이라는 과제를 수행하지 않으면 이 사회에서 인정받지 못할 것 같은 불안이었다. 이대로 늙어가면 아무도 나를 보살펴주지 않을 거라는 공포였다.

잘 알지도 못하는 사람과 평생을 살겠다는 섣부른 약속을 감행할 만큼 그때의 나는 거의 불안에 목 졸리기 직전이었다. 더는 목 졸리고 싶지 않아서 한 결혼이라는 선택이 내 목을 제대로 조르고 말았지만.

함께 살기로 약속한다는 것, 법적으로 부부가 된다는 건 인생의 시스템이 완전히 뒤바뀌는 일이다. 그러려고 싶지 않아도 그렇게 된다. 이 중요한 결정 속에 너무 많은 사회적 기대가 개입되고 '결혼을 선택하지 않을 자유'는 손쉽게 가려진다. '결혼을 해야 어른이 된다', '애를 낳고 길러봐야 부모 마음을 안다'와 같은 이야기 앞에서 '미혼'은 '미성숙'과 동의어가 되니까.

한국 사회에는 개인의 행복론이 있어야 할 자리에 너무 많은 사회적 당위가 있다. 그리고 그 와중에 여성은 더 이른 나이에, 더 강력한 압박을 받는다. 남자의 서른 살은 이제 시작하는 나이로 여겨지지만, 여자의 서른은 그렇지 않다. 같은 일을 해도 남자들보다 낮은 연봉을 받는데, '여자 나이는 크리스마스 케이크 같은 것'이라거나, '여자는 남자만 잘 만나면 장땡'이라는 아무 말 대잔치 앞에서 꿋꿋하기

란 쉽지 않다. 자존감이 한참 낮아진 상태에서 누군가를 선택해야 하는 처지가 된다. 그렇게 선택한 사람이 자신에게 적절한 상대일 리 만무하고, 그런 이와 보내는 시간이 천국이 될 리 없다. 불편한 사람과 떠나는 여행이 혼자 떠나는 여행보다 나을 수 없는 노릇이다.

내게 조바심과 두려움을 고백해온 그녀에게 말해주고 싶다. 정말 두려워해야 하는 건 아직 일어나지도 않은 일에 대한 두려움을 인생의 동력으로 삼는 것이라고. 정말 중요한 건 자신의 삶을 스스로 어떻게 규정할지 정하는 일이라고. 그리고 불안에 잠식되었던 서른 살의 나에게도 말해 주고 싶다.

십 년 뒤, 너는 어리석던 시절에 한 선택을 되돌려 비로소 자기 삶의 주인이 되어 홀로 살아가는 마흔 살이 될 거라고. 가끔 혼자 남겨진 것 같은 새벽을 맞을 것이고, 돌연 아프게 되면 혼자 낑낑대며 운전해 응급실도 가고 입원도 해야 하겠지만, 대단히 힘들거나 서러운 일은 아닐 거라고. 결혼이 아니라, 다만 너의 통장이 너를 구원할 것이라고.

자기 자비

그건 과거의 생각을 반복하거나
그 일에 관해 괴로워한다고 해서 되는 것이 아니더라고.
내가 의미 있는 삶을 살고 싶어 하고
그 길에 대한 의도와 명료함을 추구하고
그러기 위해 지금 이 순간에 온전히 머무를 때,
비로소 시작되는 여정이더라고.
왜냐하면 인간은 생각보다 유치하지 않은 존재여서
무언가를 원망하고 성내기보다
지금 이 순간에 머물며 온전히 나로 존재할 때
그리고 그 속에서 의미 있는 성장이 일어날 때,
자각하지 못한 어느 순간에
과거의 고통과 작별을 하게 되는 것이더라고.
나의 감정을 무시하지도 않고
나의 감정에 휩싸여 행동하지도 않을 때,
그때 비로소 과거의 고통은 나를 놓아주는 것이더라고.

그것은 마치 이솝우화 속 나그네의 옷깃을 잡은 손 같아서

세찬 바람으로 어떻게든 옷을 벗겨내려 애쓰면

옷깃을 잡은 손이 오히려 단단해지고

따뜻한 햇살 같은 시선으로 우리를 지켜봐 줄 때,

우리를 지루하게 괴롭히던 과거의 상처는

나를 떠나갈 준비를 하는 것이더라고.

자존감을 키워야 한다는 말이 세상에 많고 많지만

그보다 중요한 것은 자기 자신에게

애틋한 마음을 두는 것임을.

자기 자비 없이 자존감이 높아지는 일은

일어나지 않는 것임을.

과거에 머물지도, 미래로 향하지도 않고

그저 현재에 머물며 나와 함께 있어 주는 일

'오늘 외롭구나', '또 힘들어하는 구나'라고 느끼는 지금,

그저 나로 충분하다.
그저 지금 이것으로 충만하다.

대수롭지 않은 것들

사람들이 묻는다.
"명상을 시작하고 나서 무엇이 달라졌나요?"

음…….

불면증이 사라진 것
분노가 차오르는 일이 현저히 줄어든 것
주변 사람들과의 관계가 훨씬 편안해진 것
마음의 갈등이 줄어든 것…….
하지만 그중에서도 정말 특별한 것 하나가 있다면 그것은,
내 인생에서 너무나 중요하다고 생각했던 것들이
이제는 대수롭지 않은 무언가가 되었다는 것이다.
날카로운 상처를 주며 떠나가 버린
그 사람과의 기억 같은 것

어린 시절 늘 외로움 속에 방치되었다는 지각과
부모에 대한 원망 같은 것
좋은 사람이라 믿어 의심치 않았던 그가
갑자기 본색을 드러낼 때 드는 배신감 같은 것.

어쩌면 나는 마음속 깊은 곳에
수많은 비합리적 신념을 끌어안은 채
괴로워했던 것은 아닐까.

“나는 절대로 상처받아서는 안 돼.”
“사랑한다고 말한 사람은 절대 배신 같은 걸 해서는 안 돼.”
“열심히 노력하면 무조건 좋은 일만 일어나야 해.”

좋은 일이 일어나면 인생이 제법 살 만하다가도,
나쁜 일이 일어나면 내 삶이

이 세상에서 가장 괴로운 듯 느껴지던 이유는
내 인생의 일들을 지금 일어나는 그대로 수용하기보다는
모든 일이 나의 신념대로 흘러가야 안전할 것이라는
강박 때문은 아니었을까.

인생에 중요한 가치를 두었던 무엇들이
대수롭지 않은 것이 되어버릴 때
발목을 감싸고 있던 묵직한 모래주머니 같은 것들이
깃털처럼 가벼워질 때
나는 깨닫는다.
내게 그리 중요하지 않았던 것들이
나의 삶 안으로 스미는 것을 본다.
아침에 일어나서 처음 맞는 따사로운 햇살 한 줌이,
언제든 전화하면 반갑게 안부를 묻는
가족과 친구들의 존재가

한낮의 공원에서 만난
어린 소녀들의 천진난만한 웃음소리가
코끝으로 스미는 이 차가운 공기가
코끝으로 나가는 이 따스한 나의 숨이
내 안으로 온전히 들어와 다시 차오르는 것을 느낀다.
대수롭지 않던 것이 나의 삶을 아름답게 채우는 것을 본다.
당연한 것으로 지나쳐 버리고 말았던 무엇들의 의미를 본다.

인생을 만끽하며 산다는 것의 의미를
이제야 안다.

시바견 바디 쿠션

어제는 커다란 시바견 모양의 인형을 샀다. 정말 큰 인형이다. 정식 이름은 시바견 바디 쿠션. 인형을 그렇게 좋아하지도 않으면서 어쩌다 이런 인형을 산 건지. 세탁기에 칭칭 돌리고 건조기에 탈탈 털어 결국 그 커다란 인형을 침대 위로 가져왔다. 녀석을 침대의 빈 옆자리에 눕히고 나서 나는 마침내 깨달았다. 혼자 걷고, 혼자 먹고, 혼자 일하고, 혼자 노는 그 모든 일이 편안했지만 혼자 자는 것만큼은 아직 편안하지 않았음을. 홀로 눕는 그 시간의 어딘가에, 여전히 견딜 수 없어 하는 내가 있었다는 것을.

아, 하지만 이것은 참으로 허무한 일이 아닌가. 폭신하고 보드랍고 커다란 인형 하나가, 나의 마음 어딘가를 분명히 채웠다는 생각이 든다는 것이. 이런 것으로 상당 부분 해결될 어떤 외로움이었다는 것이. 어쩌면 나는 나의 외로움에 관해 괜한 오해를 하고 있었던 것은 아니었을까? 아, 나는 지난 시간 동안 구태여 '인간 남자'를 찾으려고 과한 에너지를 쏟았던 것은 아닐까? 혼자 자기엔 드넓은 퀸 침대 위에서, 늘 내 침대에서 엎드려 자고 있는 시바견 바디 쿠션 앞에서, 슬쩍 웃는다.

오늘 밤도. 나는 씩씩하게 잘 잔다.

맥주 마시는 밤

어렸을 때, 아빠는 늘 저녁 식사 자리에서 맥주를 마셨다.

캔맥주라는 게 흔하지 않던 시절,

커다란 병맥주 하나를

길지도 않던 식사 시간에 다 비워내셨다.

살가운 이야기 같은 것 없이,

잔뜩 찡그린 표정을 하고서 맥주 한 병을 다 비우고는

당신의 성급한 식사가 끝나갈 쯤에는

누가 옆에 있든 없든 큰 소리로 트림을 내뱉는 아빠가

그땐 그렇게 싫을 수 없었다.

대체 왜, 저런 걸 마시고 저렇게 더러운 소리를 내는가.

따로 먹겠다고 말할 수도 없던

가족 내 서열 최하위에 있던 나는

제발 이 식사 시간이 빨리 지나가기만 바라는 심정으로

밥을 우적거렸다.

요즘의 저녁 날 풍경은 이러하다.
목이 칼칼할 만큼 힘들게 바깥일을 마치고
홀로 돌아오는 길, 집 앞 편의점에서
네 캔, 다섯 캔씩 맥주를 사 와 쟁여두고는
이 톡 쏘는 액체에 어울리는 것으로 구색을 갖추고서
혼자 꾸역꾸역 그 식사를 마친다.
잠시 후 트림이 나올 때면
여 보란 듯이 꺼억 하고 소리를 내고야 만다.
나는 분명히 이것을 좋아하지 않았는데
나는 인간의 트림을 더럽다고 느꼈는데
싫어한다고 생각했고, 경멸한다고 여겼던
그 일을 내가 하고 있는 것이다.

문득 생각하니 30년이 흘렀구나.
그는 자신의 육체를 갈아 넣지 않고서는

서울 하늘 아래에서 버틸 수 없었던 한 사람이었다.

각종 페인트가 내뿜는 화학물질을

온몸으로 버텨내다 돌아와

가련한 육체에 쌓인 피로를 털어내는 법이라고는

그저 얼굴을 찡그린 채 들이키는

시커멓고 커다란 맥주 한 병 말고는

알 방법이 없던 사람이었다.

30년이 지나 이제는 나도 맥주를 마신다.

나도 그때의 아빠만큼 늙었다.

그리고 나도 트림을 한다.

꺼억.

꺽

꺽……

나이 들어 좋은 것

나이 들어 슬픈 것이 분명히 있다. 몸이 예전 같지 않은 게 가장 크다. 이십 대에는 무슨 짓을 해도 피곤한 줄을 몰랐고, 삼십 대에는 조금 무리를 하면 힘들긴 해도 금방 회복이 되었던 것 같은데……. 사십 대가 되고 나니 뭔가를 딱히 하지 않아도 피곤함에 어쩔 줄 몰라 하는 나를 보곤 한다. 친구들과 좋은 곳에 가서 저녁 먹고 놀기로 해놓고, 낮에 미팅 하나 했다고 기력이 달려서 집에 눌러앉아 버리는 식으로 말이다. 조금만 무리해도 몸이 성질을 내버리니, 몸이 화내서 파업하는 일이 없도록 눈치봐가며 스케줄을 짜야 한다. 〈마녀사냥〉을 할 때만 해도 삼십 대 중후반이었던 나는 녹화 날 그 화려한 메이크업을 한 채 집으로 그냥 돌아가기 아쉬워 일부러 약속을 잡곤 했지만, 〈연애의 참견〉에 출연하는 나는 더 이상 녹화한 날엔 다른 약속을 잡지 않는다. 어차피 그 약속을 지키지 못할 체력이라는 것을 알고 있기 때문에. 즐겨 입던 짧은 원피스 같은 건 별안간 어울리지 않게 되어버렸고, 조금만 방심하면 뱃살이 확 찌기 시작했으며, 조금만 과음을 해도 자꾸 필름이 끊기고, 대학원에서 시험 준비를 하는데 분명 두세 번 보면 외워지던 것이 예닐곱 번을 봐야 겨우 외워질까 말까 하는 그런 일들. 부정할 수 없이 내 몸이 쇠해가고 있다는 증거들.

그러나 이런 증거를 수십 개쯤 댈 수 있다고 해도 결국 본질은 그저 하나다. 그냥 내 몸에 시간이 쌓였다는 것. 어떤 생명체도 시간의 흐름을 거스를 수 없고, 우린 누구나 조금씩 죽음을 향해 간다는 것만이 변하지 않는 본질이다. 인정하기엔 조금 서럽고 슬프지만, 인정하지 않는다 해도 딱히 방법은 없다. 당신도 늙고, 나도 죽는다.

그러나 '그래, 몸이 예전 같지 않구나'라는 것만 제대로 받아들이고 나면 그 다음은 생각보다 좋은 일투성이다. 스무 살에는 절대 생길 것 같지 않던 경제적 자유가 지금 내게 있고, 스물다섯 살에 연애할 땐 없던 현명한 눈이 생겼다. 조직 생활에 지쳐가던 서른 살의 고통은 프리랜서의 자유로 대체되었고, 서른다섯에도 사라지지 않던 불안과 아집은 이제 어디론가 홀연히 사라져 버렸으니까. 좋은 친구와 그렇지 않은 친구를 구별하는 눈, 모두에게 사랑받을 필요 같은 건 없다는 확신, 선택의 기로에서 좀 더 나를 위한 선택을 할 수 있는 결단력, 무슨 일이든 결국 내 손으로 만들어가는 놀라운 추진력, 연애나 결혼을 하지 않아도 나 한 사람으로 존재하는 즐거움……. 바보 같은 이십 대와 이상했던 삼십 대가 모두 지나가고 나니 드디어 내 손에 쥐게 된 것들이다.

예전에는 상상할 수 없었던 성장과 변화를 경험하고 나면, 누구든 자신의 삶을 축복하지 않을 수 없게 된다. 나이 들어 나쁜 것은 하나뿐이지만, 나이 들어 좋은 것은 도리어 많아진다. 인생의 깊이가 깊어지는 데에는 어쩔 수 없이 시간이 걸리고, 그 시간이 제 발로 찾아오면 인간은 어쩔 수 없이 나이 들어있을 뿐.

하지만 얼마나 좋은가, 젊음은 내 곁을 떠나고 있지만 깊은 성숙이 나에게 도래했음이.

진짜 내가 원하고 바라는 게 무엇인지 느끼지 못한 채로, 세상의 기대와 요구에 맞춰서 살았던 시간이 지나가고 나면 마치 먹구름이 모두 지나간 푸른 하늘을 보는 것과 비슷한 마음이 든다. 맑은 날 더 멀리까지 내다볼 수 있듯이, 내가 가고 싶은 길이 더 또렷하게 보인다. 세상의 기대도, 부모의 기대도 아닌 정말 내가 나에게 기대하는 것을 마주하는 마음만큼 상쾌하고 충만한 것이 또 있을까. 누가 곁에 있어도 불안하고 외롭던 날에서, 그저 홀로여도 좋기만 한 날로의 전환이 이루어지는 것 역시 이런 흐름 속에서만 만들어지는 상태가 아닐지.

한 살씩 나이를 먹는 것을 더는 슬픈 일이라고 생각하지 않았으면 좋겠다. 십 년 후에는 지금의 이 나이를 또 그리워할 거면서 말이다. 아, 그나저나 겨우 이 정도 쓰고 눈앞이 침침한 걸 보니, 시력만큼은 자신 있던 나도 슬슬 노안이 오는가 보다.

2장

나에게 나를 맡긴다

어떤 증거

'맙소사 운명의 상대를 만난 것 같아'라고 느꼈다면
그건 '내가 그동안 진짜 많이 외로웠구나'라는 증거다.
'나에게 어떻게 이런 슬픈 이별이'라고 느꼈다면
그건 '세상 사람들이 다 힘든 일을 겪어도
나만은 안 그럴 거야'라고 착각했다는 증거다.
부실하고 얄팍한 증거에 기댄 채로,
우리는 얼마나 많은 결정을 하며 사는 것일까?

누구의 사모도 아닌

부동산 사장님도, 냉장고를 수리하러 온 가전 수리 기사님도, 화장실 배수구 트랩을 설치하러 온 사장님도, 이케아 조립 배송 업체 사장님도 나를 '사모님'이라고 부른다.

[사모님]

1. 스승의 부인을 높여 부르는 말
2. 남의 부인을 높여 부르는 말
3. 윗사람의 부인을 높여 부르는 말

나는 누구의 부인이 아닌데,
어떤 여자가 홀로 존재할 때 받을 수 있는 최대의 존중이란
누군가의 부인으로 여겨지는 것밖에 없는가 보다.

나는 누구의 사모도 아니야.

나는 누구에게도 속하지 않은 사람이야.

나는 성인이고,

나는 이 1인가구의 세대주이며

나는 이 집의 가장입니다.

나는 누구의 사모도 아니야.

나는 나야.

감정의 수명

감정의 원래 수명에 관한 글을 읽은 적이 있다. '원래 수명'이라니, 그럼 몇 날 며칠 혹은 몇 년까지도 지속되던 나의 과거 감정들(당연히 주로 부정적인, 긍정적인 감정은 사실 그렇게 느긋하게 지속되지 않는다)은 다 뭐였단 말인가? 하나의 감정이 신경계를 통과하는 데 걸리는 시간, 즉 감정의 원래 수명은 1분 30초가량이라는 연구결과는 그래서 놀라울 수밖에 없었다.

몇 달 혹은 몇 년까지 지속되는 부정적인 감정들 —이를테면 이별 후 아주 오랫동안 상대를 향해 있는 분노와 미움 같은 것—은 결국 처음 발생한 감정에 내가 끊임없이 '생각'을 덧붙인 결과였던 것이다. 물론 알고 있다. 늘 1분 30초 만에 모든 감정이 다 해결될 수는 없음을.

하지만 부정적인 감정의 먹이가 되는 생각들, 나를 자책하거나 타인을 원망하는 생각들, 과거를 후회하거나 미래를 걱정하는 그 생각들을 조금씩 내려놓을 수만 있다면 우리는 서서히 감정으로부터 자유로워질 것이다.

생각의 노예가 아닌, 생각의 주인으로 살길 원한다.

내면의 함수

처음 함수를 배울 때, 믹서기처럼 생긴 사각형 안에 숫자를 집어넣는 식으로 함수의 개념을 배웠던 기억이 있다. 오늘 읽었던 책에, 내 마음이 예전과 똑같은 함수인데 전과 다른 사람을 만난들 다른 결과가 나오겠느냐는 내용이 있었다. 누구나 자기 내면의 체계가 멋지길 바라고, 또 때로는 옳다고 믿어 의심치 않기도 한다. 하지만 인생의 힘든 시기가 다가왔을 때에 비로소 깨닫게 된다. 자신의 함수 체계가 생각보다 그렇게 훌륭하지 않을 수도 있다는 것을. 어디서부터 잘못되었든, 우리는 더 좋은 삶을 누릴 자격이 있고 또 그래야 하기에 자신의 내면에 어떤 함수가 자리하고 있는지 주의를 기울여야 한다. 그게 곧 마음챙김이고, 자존감이며, 자신의 인생을 보살피고 사랑하는 방법이다.

내가 상담심리학을 공부하는 이유

1년 전부터 나는 어깨가 좋지 않았다. 아마도 어깨가 굽은 채 좋지 않은 자세로 운동을 하다가, 조금씩 무리가 가서 악화된 것이겠지. 사실 처음에는 이렇게까지 힘들지 않았다. 의사는 쓱 보더니 이두박근 염증이라고 했다. 그것은 약간의 불쾌한 통증, 이두박근에 염증 주사 한 대만 놓으면 금세 나아 버리는 정도의 통증이었다. 하지만 시간이 가니 통증은 몇 번의 주사치료로도 낫지 않았고 팔이 올라가지 않는 증상은 점점 더 심해지고 있었다.

1년 동안 이 병원 저 병원을 전전하며 치료를 받다가 결국 큰돈을 들여 MRI를 찍었다. 지긋지긋하게 치료를 받아도, 지긋지긋하게 낫지를 않으니 정확한 원인을 알아봐야겠다는 생각이 무려 1년이나 지나서 겨우 들었다니……. '조금만 쉬면 낫겠지, 이러다 말겠지'하는 마음이 나를 게으르게 혹은 무디게 만들었던 것일까.

회전근개가 파열되어 염증 상태에 있다는 진단이 내려졌고, 정확한 주사치료와 재활운동 처방이 추가되었다. 일단은 극심한 통증을 잡고, 주변 근육을 강화시켜 손상된 근육 부위를 보호해야 했다. 새로운 의사는 나에게 말했다. "이건 어차피 완치라는 게 없어요. 기대를 접으셔야 합니다. 하지만 일단 염증을 잡고 주변 근육을 강화하면 일상생활에 문제가 없을 정도로 호전될 수는 있어요. 지금부터 술도 금지고, 운동은 재활에 초점을 맞춰서 정말 열심히 하셔야 할 겁니다."

'통증을 잡고 재활을 하면 확실히 호전은 될 테지만, 완치는 되지 않는다' 집으로 돌아오는 길에 그 말을 곱씹어 보았다. 그러다 이내 얼마나 많은 사람이 때때로 마음의 고통으로 인해 괴로워하고, 이 시간을 도저히 참을 수 없다고 생각하는지를 떠올리게 되었다. 슬프거나 괴로운 일이 일어나면, 많은 이들이 무작정 그 일로부터 도망치고 싶어 하고 더 이상 그 일이 나의 일이 아니길 바라는 듯 행동한다. 하지만 정말 그렇게 무작정 도망치면 되는 것일까. 굽어 있던 어깨 때문에 근육에 손상이 일어난 것처럼, 마음속에 구겨진 부분들은 우리가 일상에서 마주하는 다양한 상황과 관계 속에서 부정적인 결과를 만들어 낸다. 누구든 마음속에 구겨진 부분 하나 없을 리 없기에, 우리 중 고통으로부터 완벽히 자유로운 이는 아마 없을 것이다.

정확히 진단을 받고, 통증을 경감시키고, 주변 근육을 강화하는 재활이라는 것은 잘 올라가지 않는 어깨에만 필요한 일이 아니다. 마음의 문제도 똑같다. 깊은 상처가 생긴 것 같다면 정확히 진단을 받아서 일단 어느 정도 생활이 가능하도록 마음의 고통을 내려놓는 처방을 받아야 하고, 조금 더 단단한 내면을 가질 수 있도록 마음의 재활운동을 시작해야 한다. 다만 상처를 입기 이전으로 완벽히 돌아가는 '완치'라는 것은 기대하지 않는 게 맞다. 때때로 몸이라는 부위는 완치 판정을 받곤 하지만, 마음의 문제만은 그렇지 않다. 기억을 송두리째 도려내지 않는 한, 마음의 완치라는 건 존재하지 않으니까. 그저 재활과 성장만이 존재하는 것이다.

그리고 여기에 또 한 가지 차이가 있다. 시간이 갈수록, 경험이 쌓일수록 몸이란 젊어질 리 만무한 것이지만, 마음은 더 깊고 우아하며 찬란한 빛으로 빛나기도 한다는 것.

왜 우리는 몸이 아플 때는 얼른 전문가를 찾아 나서면서, 마음이 아플 땐 상처 자체를 부정하고, 그저 고통이 사라지기만을 기다리며, 때때로 혼자 어두운 동굴에서 울부짖으며 삶이 끝나버린 듯 행동하는 것일까. 몸은 눈에 훤히 보이지만 마음은 그렇지 않아서인가. 몸에 대해서는 내가 모르는 전문 지식이 필요하다 생각하지만, 내 마음은 내가 제일 잘 안다고 생각해서일까. 이제야 알 것 같다. 아무 이유 없이 일어나는 불행은 없으며, 신이 있든 없든 이 불행은 결국 우리를 성장시키고 더 아름다운 삶으로 향하게 하는 인생의 기본 값이라는 것을.

앞으로는 또 어떤 일로 웃게 될까.
또 어떤 사람과의 관계 때문에 가슴 치고 때로 눈물짓게 될까.

그 어떤 소용돌이에 휩싸이더라도 나는 확실히 안다. 내가 고통스러울 때 그 고통에 눈감지 않으리라는 것을. 행복도, 불행도, 기쁨도, 절망도 두 눈 똑똑히 뜨고 지켜보며 감당하리라는 것을. 또한 나는 알고 있다. 내가 나의 고통에 눈감지 않을 때, 타인의 고통에도 눈감지 않는 삶으로 향하리라는 것도.

내가 선택할 수 있는 것

혼자 하는 방콕 여행을 참 좋아한다. 어림잡아 열 번은 떠났던 것 같다. 혼자 무턱대고 떠났던 3월의 독일 여행을 2박 3일 만에 추위 때문에 포기해 곧장 귀국하고, 곧이어 무작정 떠난 곳이 바로 방콕이었다. 공항으로 향하는 택시 안에서 택시 기사는 "그 더럽고 냄새나는 곳에 가서 볼 게 뭐가 있다고?"라고 말했지만, 막상 가보니 웬걸, 그곳은 너무나도 내 취향이었다. 매연이 자욱한 노점 구석에 앉아 50바트짜리 돼지고기 볶음밥을 먹고, 길에서 숭덩숭덩 잘라주는 20바트짜리 파파야며 수박 주스를 먹으며 형용할 수 없는 위로를 받았던 것이다.

그 후로, 나는 상처받을 때마다 방콕으로 향했다. 자존감이 바닥일 때마다 습하고 더운 땅의 위로가 필요했기 때문이다. 이혼을 결정하고서, 오래 사귄 남자친구와 원치 않는 이별을 하고 나서, 애정하며 참여한 프로그램의 하차 통보를 받고서…… 딱히 새로울 것도 없는 동남아시아의 관광도시가 그렇게 점점 은밀한 고해성사의 장소가 되어갔다.

룸피니 공원은, 그 고해성사의 도시 안에서도 내게 가장 은밀한 장소라고 할 수 있다. 랑수언 로드 쪽에서 진입해 시계탑을 지나 공원을 반 바퀴 정도 돌고 나면 나오는 큰 정원을 참 좋아한다. 워낙 넓고 사람도 많은 공원이지만, 그 정원만큼은 언제 가도 사람이 별로 없다. 그리고 작년 겨울 정원의 커다란 나무 아래에서 혼자 두어 시간 정도 울어버렸다. 혼자 남겨진 것이 서럽고 비참해서, 그저 책 한 권 읽으려고 간 거였는데 그렇게 되어버렸다.

슬픔을 전부 극복하는 데에는 반년 이상이 걸렸다. 그리고 이번 방콕 여행에서 난 그 공원, 그 정원, 그 나무를 다시 찾았다. 내가 울었던 그 나무 아래가 아니라, 저 멀리 물길 건너편에서 나무를 보고 싶었다. 울던 자리에 또 앉으면 어쩐지 과거의 슬픔이 반복 재생될 것만 같아서 그랬는지도 모르겠다. 겨우겨우 놓아버린 슬픔의 잔상을, 조금은 거리를 두고 관람하고 싶기도 했다.

내가 앉아 울던 그 큰 나무에는 눈이 부시도록 짙은 선홍색의 꽃들이 피어 있었다. 꽃들이 나를 위해 피어준 건 아닌데, 어쩐지 그런 기분마저 들었다. 슬픔이 모두 걷힌 자리에 찾아오는 '성장'은 온전히 너의 것이라고 나무가 온몸으로 말해주는 것 같았다. 흐드러지게 피어 있는 꽃을 보며 그날도 참 많이 울었던 것 같다.

비행기를 타고 다섯 시간은 가야 닿는 어느 덥고 습한 땅 한편에 나의 눈물을 기억하는 나무가 있다는 것이 좋다. 눈물을 펑펑 쏟았지만, 지금은 적어도 그 일에 관해서는 더 흘릴 눈물이 남아 있지 않다는 것도 아주 좋다. 슬픔을 인정하고 외면하지 않았을 때 나에게 일어났던 작은 기적이다. 다음에 다시 룸피니 공원에 가면, 나의 그 나무는 또 어떻게 나를 품어줄까. 오늘 밤은, 새로 산 녹색 피크닉 매트를 깔고 룸피니 나무 아래서 태닝하는 꿈을 꿨으면 좋겠다.

나의 룸피니 나무,
다시 만날 때까지 안녕히.

이 정도면 괜찮을지도

제주에 가서 본 자연 중에 기억나는 것을 꼽으라면
'외돌개'를 꼽을 것이다.
오랜 풍화에 침식되어 결국 단단한 부분만 남아 있는
거대한 기둥.
이런 일들, 저런 말들에 원래는
내 것이라 믿었던 것들이 깎여 나가도
남는 것이 결국은 가장 단단한 부분이 되는 것처럼.
많은 시간이 지나고 마침내 아름답고 고고하게
우뚝 서 바다를 굽어볼
나의 외돌개는 어떤 것일까.

슬픔과 좌절은 내가 선택할 수 없다.
하지만 그 슬픔과 좌절에
어떻게 맞설 것인지는 선택할 수 있다.
뭐, 이 정도면 나쁘지 않은 것 같군.

당신들에게도 위로가 필요했음을

고백해야 할 것 같다. 부모님에 관한 생각을 할 때면 늘 마음이 둘로 나뉘는 기분이었다. 나를 낳고 길러주신 분들이니까, 자신들의 삶을 갈아 넣어 없는 살림에도 정말로 허리띠를 졸라매 가며 키워낸 분들이니까. 적어도 두 분에 대한 태도에 한해서 다른 옵션은 존재하면 안 되는 것이었다.

하지만 이것 역시 고백해야 할 것 같다. 나는 늘 부모님의 사랑이 고팠고, 그 때문에 내 마음속에 원망이 자리하고 있었다는 것도. 부모님은 나를 위해 희생했기에 무조건 공경해야 하는 존재고, 나를 이 세상에 존재하게 해주었으니 절대 거역하면 안 된다는 말을 수도 없이 들었지만, 그건 내가 어려서 내 삶을 책임질 수 없을 때까지만이었다.

성인이 되고, 수도 없이 마음의 방황을 겪고 나서야 깨달았다. 어렸을 때의 나는 너무 많이 방치되어 자랐고 내 인생에서 경험한 많은 문제들이 그때의 아픔을 해결하지 못해서 비롯되었다는 것을. 밥은 굶지 않았지만 아빠를 제외한 나머지 가족은 밥상머리에서 늘 불안에 떨어야 했고, 학교는 다녔지만 부모님은 12년간 한 번도 학교에 온 적이 없었다. 밥은 얻어먹었지만 정서적으로 기아 상태에 있었다는 걸 깨달은 건 서른을 훌쩍 넘긴 후의 일이었다.

내가 겪어온 숱한 정서적 문제와 내가 선택한 슬픔의 역사가 사실은 스스로 선택할 수 없던 유년기의 기억과 맞닿아 있다는 걸 알고 나니 솔직히 더 화가 났다. 나한테 왜 그렇게밖에 해주지 못했어요? 사랑이 너무도 고팠던 내게 왜 그렇게 무관심했어요? 있는 그대로 사랑받을 자격이 있다는 걸 왜 알려주지 않은 거예요. 얄팍하게 배운 심리학 지식이 조용히 묻어두었던 과거의 기억을 소환했고 나는 오히려 불행해졌다. '나라면 그렇게 하지 않았을 텐데, 왜 그랬어요?'라고 내 마음이 끊임없이 묻기 시작했기 때문에.

그로부터 꽤 긴 시간이 흘러야 했다. '나라면 그렇게 하지 않았겠지만, 당신들 입장에선 그게 최선이었겠군요'를 깨닫기까지는. 좋은 교육을 받지 못했고, 당장의 먹고사는 일을 해결하는 것만으로 버거웠을 두 명의 사람이 '알아차려'지기 시작했다. 스물일곱의 나는 그저 혼자의 삶을 잘 가꿔 나가면 충분한 직장인이었지만, 스물일곱의 엄마는 사글셋방에서 아이 셋을 낳아 키우는 가난한 여성이었다는 걸. 스물일곱의 아빠는 축복받지 못한 결혼을 했지만, 마땅히 비빌 언덕도, 기술도 없는 노동자였다는 걸. 좋아서 저질러 버린 결혼이었겠지만, 결혼과 출산, 고단한 돈벌이, 가난과 중첩되어 일어난 모든 일이 그들의 선택은 아니었다는 걸. 부모님 처지에서는 그렇게 하는 것이 최선이었음을.

해결되지 않은 마음속 문제를 해결하고 싶어 심리학 책에 몰두하는 친구들이 많다. 하지만 '내가 그래서 그랬던 거야!'라고 머리로 아는 것만으로 문제가 해결되지는 않는다. 상처가 왜 생겼는지 알았다면, 그 상처를 직면하고 부드럽게 매만지는 과정이 따라줘야 하기 때문이다. 단순하게 표현하자면 머리로 아는 것과 마음으로 느끼는 것의 차이랄까.

사랑한다는 말을 한 번도 해주지 않은 부모에 대한 원망을 모두 내려놓았으며 이제는 그로부터 자유롭다고 단언할 수는 없다. 여전히 불쑥불쑥 원망의 잔해에서 먼지가 피어오르는 것을 느낀다. 하지만 그게 그저 잔해에서 피어난 먼지라는 것을 아는 것만으로도 큰 변화라고 할 수 있다. '나라면 그렇게 하지 않았을 거야'가 '그들로선 그럴 수밖에 없었을 거야'로 바뀌고 나서, 결국 위로받는 건 과거의 나였다는 것을 안다.

마흔, 살아온 시간이 적지 않다. 하지만 살아갈 날 또한 짧지 않다. 어리고 외로웠던 그 시절의 나를 떠나보내고 남은 인생을 살기에는 용기가 부족했을지도 모른다. 가끔 진한 외로움이 고개를 들려고 할 때, 그래서 내 어렸을 적처럼 아무도 내 곁에 없어 불행하다는 생각이 들 때 나는 의식적으로 노력한다. 내 마음을 알아차려 주는 것을 노력하고, 아직 떠나가지 못하고 남아 있는 어린 나를 위로하려고 노력하고, 방치된 느낌을 알아차려 주려고 노력한다. 그렇게 내 마음에 주의를 기울여 주면, 고통스러운 감정이 묽어지는 걸 느낄 수 있기 때문에.

오늘 밤은 스물일곱의 엄마와 아빠에게 말해주고 싶다.

얼마나 힘들었어, 얼마나 고단했을까.

당신들도 얼마나 위로받고 싶었을까.

얼마나 행복하고 싶었을까.

고생 많으셨어요, 정말로…….

우산 없던 날

초등학교 1~2학년 즈음의 어느 여름날, 그 날은 아침부터 흐릿한 구름이 몰려드는 날이었다. 혼자 상당한 거리를 걸어서 통학해야 했기에 아침부터 꼼꼼하게 일기예보를 챙겨 보던 기억이 난다. 얼른 우산을 준비해서 학교로 가려는 찰나, 엄마는 나를 불러 세워 물었다. "얘, 오늘 비 안 와. 집에 우산도 많이 없는데 뭐 하러 들고 가니?" 분명히 예보에는 비가 온다고 했는데, 엄마는 절대 오지 않을 거라며 내 손에 들려 있던 우산을 빼앗아 신발장에 넣어버렸다. 걱정스럽긴 했지만, 엄마가 그렇다는데 믿을 수밖에.

학교에 가 공부를 하다 보니 슬슬 하교 시간은 다가오는데, 하늘은 이미 아침의 흐릿한 정도가 아니었다. 먹구름이 잔뜩 끼고 별안간 우르릉 쾅쾅 소리를 내더니 결국 세찬 비를 뿌리는 것이

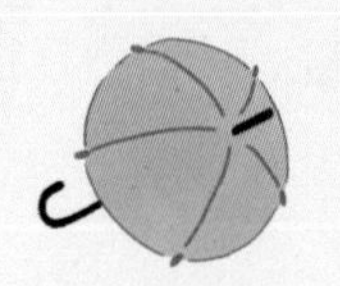

었다. 뭐라 말할 수 없는 감정이 뒤섞여 나를 압도하던 그 때를 잊지 못한다. '저 비를 다 맞고 가야 하는 걸까'라는 공포, 우산을 챙겨 가려고 하는데 굳이 우산을 뺏은 엄마에 대한 원망, '그래도 나를 데리러 오겠지'라는 희망. 복잡한 감정들 속에서 그 어떤 판단도 하지 못한 채로, 점점 몸이 뻣뻣해져 가던 기억이 선명하다. 지금의 초등학생이라면 비가 대수냐며 열심히 근처 편의점으로 달려가 우산을 사든, 엄마에게 전화를 하든 했겠지만, 1985년에는 우산 파는 편의점 같은 게 세상에 없던 시절이었고, 여덟 살의 나는 핸드폰도, 돈도 없었으니까. 친구들의 엄마가 종종걸음으로 우산을 들고 와서 내 친구들 모두를 따뜻하게 감싸 안고 각자의 집으로 향할 때, 나는 그저 건물 입구 처마 아래에 우두커니 서서 그 뒷모습을 바라볼 수밖에 없었다.

난 어쩌면 많이 부끄러웠는지도 모른다. 우산은 없다손 치더라도, 우산을 가지고 나를 데리러 올 사람이 없다는 것이. 기다려도 엄마가 오지 않는다는 걸 알면서 나는 마치 곧 올 엄마를 기다리고 있는 아이처럼 보이고 싶었는지도 모른다. 비는 좀처럼 잦아들지 않았고, 나는 그 비를 온몸으로 다 맞으며 어딘가로 향했다. 그 날 내가 비를 맞으며 향한 곳이 가봐야 아무도 없는 텅 빈 집이었는지, 그보다 멀리 있지만 그래도 엄마가 일하고 있던 가게였는지 기억나지 않는다. 그날의 외롭고 무서웠던 기억을 지우고 싶다고 마음먹었기 때문일까. 모두 다 지우고 싶었지만 혼자서 엄마를 기다렸던 순간만큼은 너무도 강렬해 지우는 데 실패했던 것인가.

어떤 날씨를 좋아하느냐고 물으면 비 오는 날을 싫어한다고 답하곤 했다. 비 오는 날이 싫어지는 건 당연한 일이었을 것이다. 평생 우산과 일기예보에 집착하는 것도 그때 기억이 어느 정도 지분을 차지하고 있기 때문인 것 같다. 하지만 혼자 울며 비를 맞고 걸어갔던 기억이 그저 날씨에 대한 나의 취향만 바꾼 것은 아니다. 그날의 강렬했던 감정은 나에게 혼자 남겨지는 일이란 고통스럽고, 창피하며, 방치되는 것이나 다름없다는 공포도 함께 남겨놓았다. 여덟 살 아이가 기댈 수 있는 존재란 가족뿐이고 그중에 엄마는 나의 모든 것이나 마찬가지인데, 그런 사람이 내게 관심이 없고 정말 필요한 순간에조차 나타나 주지 않는다는 것이 '나는 소중한 사람에게 방치된 사람'이라는 생각을 새겨 놓았던 것이다. 스무 살부터 끊임없이 누군가에게 반하고, 마음을 주고, 사랑하기 원했지만, 그 시간이 늘 불행했던 이유를 이제 알 것 같다. 사랑하는 사람이 생기면 잠깐은 세상이 분홍빛으로 보이다가도, 그 사람이 예전 같지 않다고 느낄 때 나는 나도 모르게 어린 시절의 기억을 불러왔던 것이다. '내가 필요로 할 때 너는 내 곁에 없을 거잖아', '너도 나를 방치하겠구나', '나는 혼자 남겨지고 말거야'라고 마음속으로 외쳐대며, 아직 다가오지 않은 파국을 열심히 준비했는지도 모른다. 희망과 기쁨을 기대하면 희망과 기쁨이 오지만, 좌절과 환멸을 기대하면 좌절과 환멸이 닥친다는 말이 있던가.

가난한 육체노동자 집안의 막내딸로 태어나, 딱히 원해서 낳은 것이 아니었다는 엄마의 이야기를 여러 번 들으며 늘 혼자 우두커니 집에 있던 어린아이를 잠시 돌아본다. 가족과 이렇다 할 따스한 추억 같은 것이 없을 이 가련한 아이를 본다. 그저 누군가에게라도 기대고 싶었을 그 아이가, 비오는 날 혼자 집으로 돌아가도 누구 하나 위로해 주지 않던 그 아이가, 아직 내 안에서 완전히 떠나가지 못하고 아주 작게 웅크려 있는 것을 느낀다. 사랑한다고 말하던 그 사람이 어쩐지 예전 같지 않다는 것을 느낄 때, 모두가 행복해 보이는데 어쩐지 나만 그렇지 않은 것처럼 느껴질 때, 그 아이는 그것 보라며 역시 너의 인생은 처음부터 외로웠고 끝까지 외로울 거라며 자신의 존재감을 한없이 드러낸다. 먹고사는 문제가 조금 힘들긴 해도, 아이를 그렇게까지 혼자 두는 부모들이 아니었다면 어땠을까. 어린 시절 온종일 집에 우두커니 있던 것은 그렇다 치더라도, 적어도 비 오는 날엔 가게 문을 잠시 닫고 막내를 데리러 와주는 엄마였다면 어땠을까.

외로움이 곧 공포로 전환되고, 그 공포가 이내 우울감으로 바뀌는 것이 어렸을 때의 기억 때문이라는 것을 인지하고 나서 한동안은 부모에 대한 원망으로 힘들어했다. 하지만 이젠 그 원망으로부터도 많이 벗어났다. 삼남매와 노모를 부양하기 위해 온몸이 부서지라 일했을 나의 부모는, 그저 그렇게 몸이 부서지라 일하는 것 말고는 그들의 사랑과 책임을 표현할 방법을 몰랐을 것임을 온전히 알게 되었기 때문이다. 잘 먹이고, 공부할 수 있도록 학교를 보내는 것 말고는 그 이상의 것을 생각할 겨를이 없었다는 걸 깨닫기까지, 오랜 시간 엄마와 아빠를 원망했었다. 하지만 이제는 안다. 그것이 그들의 '최선'이었음을. 그들도 어쩌면 도망치고 싶었을지 모른다는 것을. 내가 가장 외로움을 느끼던 그 나이에, 엄마와 아빠는 나보다 더 외롭고 처절한 싸움을 하고 있었다는 것을.

엄마 아빠가 남겨준 외로움이라는 감정적 유산을 어찌할 바 몰라 인생의 대부분을 방황했는지 모른다. 하지만 어쩌면 외로움이라는 유산이 내게 있었기 때문에 나는 여기까지 왔는지도 모른다고 생각한다. 숱한 방황도 했고 원치 않는 상처도 입었지만, 그렇기에 나는 외로움의 문제에 더 깊이 들어갈 수 있었고, 사람들에게 상처와 외로움에 관해 진심 어린 조언을 하는 일을 하게 되었으니까. 고통의 기억이 나를 더 성숙하게 했다는 것에는, 내 안에 아직 살아 있는 그 어린아이조차 반박하지 못할 것이다. 언젠가, 그 아이가 완벽하게 떠나갈 때쯤 나는 어떤 모습으로 살고 있을까.

그 아이는 요즘 좀처럼 나에게 자신의 존재를 드러내지 않는 것 같다.

언젠가 문득 느끼는 날이 오길 바라고 또 믿는다. 작고 불쌍하고 외롭던 그 아이는, 이제 더 이상 내 안에 머물지 않기로 결심하고 잘 떠나갔다는 것을 느끼는 그런 날이.

마음의 크기

1년 전 이맘때, 내 연애는 이미 끝장이 나 있었다.
그 관계가 완전히 종료된 것은 가을의 문턱이었지만,
흡사 썩어버린 뿌리 위 아직은 죽은 티가 나지 않는
잎줄기나 만지작거렸던 것 같은,
그런 이상한 여름이었다.
나를 구성하던 일부가 죽어가는 것도 모르고
아무렇지 않은 듯 살아가고 있던,
되돌아보면 서글픈 여름이었다.

오늘,
최근에 이별을 했다고 고백한 어떤 여자가 내게 물었다.

"나는 이만큼 좋아하는데, 상대방은 그만큼 나를 아끼지 않는 것 같을 때, 전 너무 힘들었어요. 같은 마음으로 좋아하기가 왜 이렇게 힘이 들까요?"

사랑한 만큼 되돌려 받지 못해 사람들은

사랑이 고달프다 말한다.

"나는 이만큼 좋아해, 이만큼 해줬고 이만큼 희생했는데,

상대는 그러지 않아 오히려 공허하다."라는 것이다.

사랑의 본질이 계산과는 거리가 멀다 한들,

내 마음 같지 않은 네 마음을 볼 때마다 허탈하다는 것이다.

조금도 손해 볼 짓은 하고 싶지 않아 하는 시대.

주고받는 감정들은 숫자로 쉽게 가늠되고

머릿속에서는 끝없이 계산기가 돌아가는 관계에서

사람들은 더 쉽게 상처받고, 더 쉽게 싸운다.

그리고 떠난 상대방을 원망한다.

왜 그렇게밖에 만나지 못할까.

마음의 크기에 집중하면 할수록, 우리는 불행해진다.

그렇게 서로의 마음을 비교할 때마다

자기 자신에게는 점점 더 집중할 수 없기 때문이다.
연애의 주체가 아니라 완벽한 타자로 전락하는 순간이다.

"내가 더 많이 좋아해!"라며
그에게 백허그를 하던 순간에조차, 나는 어쩌면
'그러니까 지금부턴 네가 나를 더 많이 좋아해 줘'라고
외치고 있던 건 아니었나.

가장 로맨틱하다 믿었던 순간,
나는 오히려 서서히 망하는 연애로
노를 젓고 있던 건 아니었나.
이제 와 생각할수록 원통하고 분하다. 그리고 한심하다.
'그냥 좋아하는 느낌 자체로 행복할 걸'하고 곡소리를 낸다.
내가 선택한 모든 것 중에
지켜내지 못한 것은 그 남자뿐이라고.

충만하고 안정된 관계를 꿈꾸기 위해
기억해야 할 단 한 가지가 있다면
마음의 크기에 연연하지 않는 일이라고 말하겠다.
'나는 이런데 너는 왜?'라는 질문이 마음속에 존재하는 한
함께 나눈 시간이 길어질수록 '너만 있으면 돼'에서
'너만 없으면 돼'로 옮아가는 것은 시간문제가 되기 때문이다.
그 시간이 그나마 있던 추억까지 부패하게 만들기 때문이다.

나를 사랑하면서 상대도 사랑한다는 것,

그건 일단 여기 존재하는 내 마음을

외면하지 않을 때라야 가능한 얘기다.

모두들 내 마음은 외면한 채,

너의 마음은 왜 더 커지지 않는지를 따져 묻는다.

절대 손해 볼 배팅을 하지 않겠다는 다짐으로

흰자위가 벌게진 새벽녘의 타짜처럼.

열등감 이야기

심리학자 아들러는 열등감을 '모든 인간에게 존재하는 감정'으로 보았다. 그는 열등감이 없는 사람은 존재하지 않으며, 다만 그 열등감을 어떻게 인식하고 또 어떻게 대처하는가에 따라 삶의 결이 달라질 수 있다고 보았던 것 같다.

성장 과정에서 주 양육자의 따뜻한 관심과 배려가 부족했던 사람은, 성인이 되어 만나는 사람과 건강한 애착 관계를 만드는 데 어려움을 겪는 일이 흔하다. '나는 사랑받을 가치가 있어'라는 생각보다는 '나는 사랑받기 힘들 거야'라는 생각, 즉 관계 내에서의 열등감이 마음속에 이미 자리 잡고 있기 때문이다. 결과적으로 내가 고른 사람조차 불안정한 내면의 소유자일 때가 많게 되는 것이다. 또한 내가 상대를 고르는 것처럼 보이지만, 사실은 그냥 나를 좋다고 해주는 사람을 찾는 것에 온 신경을 맞춘다. 그러고서 '오 나를 좋아해 주다니! 이제 제가 다 맞출게요'라는 태도로 흘러가고 만다. 그런 사람에게 필요한 건 '내가 사랑할 사람'이 아니라 '나를 좋다고 말해줄 사람'이 된다.

그런데 이 굳건한 믿음 —나는 사랑받기 힘든 인간이야— 은 우리에게 어떤 특정한 사건이 벌어지지 않는 한 알아차리기가 쉽지 않다. 공부 열심히 하고, 직장생활 열심히 하고, 돈 잘 버는 사람으로 제대로 기능하고 있다고 생각하여 더 이상의 성찰을 하지 않기 때문이다. 잘 만나던 연인에게 갑작스러운 이별을 통보받았을 때, 믿었던 관계에서 배신당했을 때, 다들 사랑하고 사랑받으며 잘 살고 있는 것 같은데 나만 그렇지 못한 것처럼 느껴질 때 우리는 당황하고 절망한다. 이는 고개를 숙인 채 자신의 존재를 드러내지 않던 열등감이 나를 지배하는 순간이다.

하지만 그럴 때일수록 알아차려야 한다. 씩씩하게 잘 살고 있는 것처럼 보이지만 나는 따뜻한 관심이 고프고, 늘 감정적으로 허기져 있었다는 것을. 또 한편으로는 더 좋은 사람이 되고, 더 좋은 삶과 관계를 누리고 싶은 현명한 내가 존재한다는 것을. '내가 바보처럼 느껴진다'고 생각하는 그 순간이야말로, '현명한 나'를 알아차리는 중요한 시간이라는 것도.

나를 좋다고 말해주는 사람을 찾아 온마음의 안테나를 세우고 살고 있었다면, 이제 그런 나를 알아차리고 선택해야 한다. 나를 돌아보는 시간을 가질 것인지, 나를 보아줄 사람을 찾아 또다시 이 세상을 헤매 다닐 것인지.

나와 좋은 관계를 맺지 못한 채로, 타인과 좋은 관계를 맺는 일이 얼마나 위태롭고 아슬아슬한 것인지를 확인하고 또 확인하는 데 인생의 좋은 시간을 다 보내는 일은 너무 슬픈 점이라는 견해를 전하며.

어젯밤 이야기

어젯밤은 조금 이상한 밤이었다. 이젠 그럭저럭 제법 정리된 줄로만 알았던 그 사람에 대한 감정이 별안간 가슴 속 어딘가에서 훅하고 나타나더니 나를 완전히 압도해버리는 것만 같았다. 헤어지고 나서 이미 세 개의 계절이 지나갔는데, 여전히 그에 대한 감정은 이렇게 불시에 찾아와 나를 괴롭히고 마는 것이다. 울적하고, 우울하고, 남아 있는 몇 장의 사진을 훅훅 넘겨보다 혼자 울컥하는 것. 가끔 연락은 하고 지낸다 해도, 더 이상 내 사람은 아니라는 게 참 이상하다. 작년 이맘때에는 내내 붙어 있었는데, 이젠 나 혼자라는 게 여전히 어색하다. 이별의 슬픔이란, 거의 다 지워졌다고 생각하는 바로 그때 다시 살아나는 유령 같은 존재인 걸까.

그런데 그렇게 울던 밤의 끝에, 무언가 달라져 있었다. 슬픔이 찾아오는 것은 막을 수 없었지만, 그 슬픔에 대한 나의 태도는 예전 같지 않았기 때문에. 슬픔에 휩싸여서 이러지도 저러지도 못하고, 그 사람을 원망했다가 나를 자책하는 일을 반복했던 내가 더 이상 아니었기 때문에. 먹구름 같은 감정이 몰려올 때도, '아, 아직 슬픔이 내 마음에 남아 있구나, 저런… 아직은 힘들만 하지. 그럴 수 있어'라고 나의 마음을 알아봐 주었기 때문에.

내 마음을 내가 알아봐 주기로, 그 안의 감정들을 받아들여 주기로 결심하기까지 많은 시간이 흘러야만 했지만 나는 이제 충분히 느낀다. 내 안의 무언가가 확실히 변했다는 것을. 나를 찾아오는 슬픔에게 다정한 말을 건네어 달랠 수 있는 존재가 되었다는 것을. 아끼는 친구의 손을 잡아주고 등을 토닥여 주듯이, 스스로를 다독여 줄 수 있는 내가 되었다는 것을 말이다. 이제야 나는 나로 사는 법을 좀 알게 된 것 같다.

내가 한 선택에 후회가 될 때

스스로를 부정하고 비난하는 것이 아니라, 힘들게 버티듯 살아온 한 사람으로서의 당신이 그땐 그럴 수밖에 없었다는 걸 인정하고 받아들여야 합니다. 그렇게 스스로를 인정하고 받아들일 수 있게 되면 비로소 당신은 스스로를 용서할 수 있게 될 겁니다. 실패해도 다시 일어날 수 있고, 새로운 선택을 할 수 있게 하는 힘은 외부가 아닌 자신에게서 찾아야 하기 때문입니다. 현실을 인정하는 순간 우리는 자유로워질 수 있습니다. 상처는 아프지만, 그 상처가 아물 때쯤에는 분명히 성장도 뒤따르는 법이니까요.

3장

사랑의 색다른 완성

내가 필요할까?

나를 필요로 하는 사람인지 아닌지가, 연애 상대를 고르는 아주 중요한 기준이었던 때가 내 인생에 상당히 오랜 시간 지속되었던 것 같다. 사랑에 빠질 땐 한눈에 빠지지만, 연애를 유지하기 위해선 '그가 나를 필요로 하는가'가 중요한 기준이었다. 하지만 정말 슬프게도 그 시기에는 자신이 그런 성향의 연애를 한다는 것을 알아채기 어렵다. 있는 그대로 인정받고, 사랑받아야 마땅한데, '내가 노력하지 않으면 사랑받을 수 없을 거야'라는 잘못된 각본에 맞추어 슬픈 연기를 하듯 인생의 시간을 지나보내는 것이다.

시간이 지나고 나서야 안다. 내가 얼마나 '누군가가 나를 필요로 함'이라는 감정에 목말랐었는지, 필요한 사람이 되지 못할까 봐 얼마나 두려웠는지. 이제는 그런 삶을 살지 않을 게 확실한데, 그건 내가 많이 현명해진 까닭도 있겠지만 내 스스로가 나를 너무도 필요로 하기 때문이 크다.

삶의 매 순간 명료하게 판단하기 위해서, 삶의 매 순간 기쁨과 슬픔을 그대로 수용하기 위해서, 삶의 매 순간 내가 나의 주인이기 위해서 나는 내가 정말 필요하다. 나라는 존재를 온전히 '나'를 위해 쓰는 것은 보통 일이 아니다. 그러므로 누군가 사랑할 수 있다면 그것도 큰 기쁨이겠지만, 그 사람이 나를 필요로 하게 하려고 애쓰지는 않을 것이다. 그런 식으로 구걸하지 않을 것이다. 나는 이대로의 내 삶이 좋다.

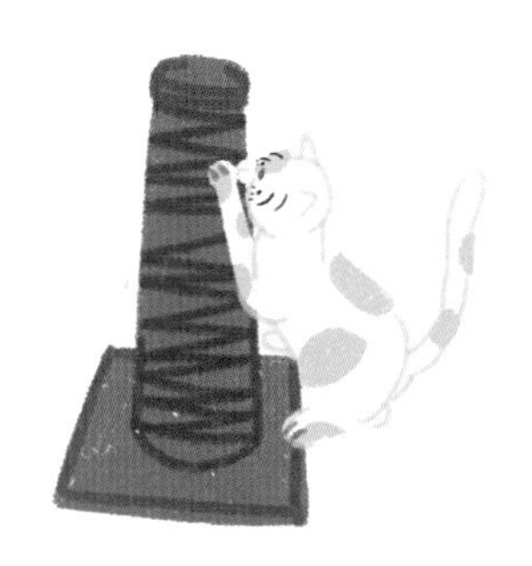

연락 문제

얼마 전, 사석에서 만난 한 남자가 내게 이렇게 물어온 적이 있었다.

"저는 그냥 하루에 두세 번만 연락하면 충분하다고 생각하는데, 여자친구는 제 일거수일투족을 전부 알고 싶어 해요. 이를테면 점심을 어디서 누구와 먹었는지, 친구들과의 술자리에 혹시 그들의 여자친구가 나왔는지 안 나왔는지, 함께 있을 때 걸려온 전화가 있다면 그 사람이 정확히 누구인지 하는 것들요. 어느 정도까지 서로에게 말해주어야 적당한 걸까요?"

맞다. 사랑하면 상대방의 모든 것이 궁금해지는 것. 늘 같이 붙어 있고 싶고 그 사람의 모든 걸 알고 싶어지는 것은 당연하다. 하지만 그 과정에서 둘 중 한 사람이라도 불편함이나 억압을 느끼거나 상처를 받는다면 그건 더 이상 당연하지 않은 무엇이 된다. 사랑하는 사이라 해도 지켜야 할 선이 있으니까.

또 다른 간섭의 예시가 있다. 아주 오래전 내 친구가 만났던 어떤 사람에 관한 이야기인데, 그는 심지어 여자친구의 옷차림에 대해서도 사사건건 간섭을 하곤 했다. 그저 맞은편에서 걸어오던 다른 남자가 여자친구를 흘깃 쳐다만 봐도 "내일부턴 그 옷 입지 마. 다른 남자가 쳐다보잖아." 라고 말했다고 한다. '그 옷'이 특별한 노출이 있거나 몸매가 두드러지는 옷이었든 아니든 상관없었을 것이다. 그는 단지 '자기 여자'를 누군가 쳐다보는 것 그 자체가 싫었던 거니까. 여자의 몸, 여자친구란 존재가 자기 소유라고 생각하기에 나오는 반응이다.

한 사람에게 나의 특별한 옆자리를 내어주고 만나는 것, 사랑하는 것, 그건 정말 행복하지만, 또 그 자체로 불안을 수반하는 일이라는 걸 부정할 사람은 없을 것이다. 혹시나 이 사람이 떠나버렸을 때 자신이 입을 상처와 충격을 상상하기 때문이다. 하지만 아주 많은 사람이 열등감으로 인해 생겨난 불안, 즉 '나의 이런 부족한 면 때문에 이 사람이 떠나가지 않을까?'라는 생각과 상대방을 완벽히 소유하고 싶다는 마음 때문에 상대의 일거수일투족에 간섭하는 쪽을 택한다.

말이 좋아 '사랑하니까 하는 간섭'이지, 상대방의 자유의지를 제한하려 하는 순간 그것은 그 자체로 고요한 학대가 된다. 사회 문제로까지 대두되는 데이트 폭력 문제 역시, 처음엔 그렇게 '사랑하니까 하는 간섭'이라는 형태로 시작한다. 상냥한 얼굴로 "너에겐 그런 옷보단 이런 옷이 어울려."

라고 말하며 선물을 하는 것, 기다리지 말라고 하는데도 끈질기게 기다리는 것, 수시로 연락을 하고 잠시라도 연락이 되지 않으면 화를 내는 것……. 처음엔 자칫 나에게 푹 빠져 돌진하는 사람의 모습으로 보이기도 하고 어떤 이들은 '지고지순한 로맨티스트'의 모습으로 오해할 수도 있다. 하지만 많은 전문가는 이런 행동이 용인되었을 때 더 강압적이고 물리적인 폭력이 이어질 수 있다고 경고한다. 상대방으로 하여금 불쾌감, 모욕감, 공포감을 불러일으킬 수 있는 행동과 말이 모두 데이트 폭력이기 때문이다. 자신의 불편한 느낌을 무시하지 말길. 교묘한 억압과 통제는 곧 학대라는 것을 잊지 말길. 나다운 모습대로 살 수 없는데, 그런 사람으로부터 인정받는 것이 다 무슨 소용이란 말인가.

당신 먼저

존 리라는 캐나다의 사회심리학자는 사람들이 하는 사랑의 유형을 여섯 가지로 분류했다. 친구에서 연인으로 바뀌는 '친구로서의 사랑', 남편이나 부인으로 적절한 상대를 신중하게 고르는 '논리적 사랑', 상대방의 육체적 매력에 집중하고 한눈에 반하곤 하는 '낭만적 사랑', 사랑에 질투는 필수라고 생각하는 '소유적 사랑', 사랑은 그저 게임이라고 생각하는 '유희적 사랑', 그리고 마지막으로 상대방에게 자신을 희생하려고 하며, 자기가 상대방에게 필요한 존재라는 확신을 가장 중요하게 생각하는 '이타적 사랑'이 그 분류다.

많은 여자들이 내게 묻는다. "제 남자친구가 이런 문제가 있어요. 제가 더 열심히 하면 이 사람이 바뀌지 않을까요?", "제가 더 사랑하면 이 사람도 언젠가는 마음을 바꾸지 않을까요?"

열심히 하면 더러 바뀌는 사람도 있긴 하다만, 당신 옆에 있는 그가 그럴 사람인지는 알 수 없다. 너무 많은 여자들이 남자의 마음에 들기 위해, 그 남자의 치명적인 단점에도 눈을 감고 '이타적 사랑'의 쪽을 택한다. 눈을 감고 위험한 물가를 걷는 것과 다르지 않은 일을 그저 사랑하고 있다는 감정 자체에 취해 감행하고 마는 것이다. 그 남자가 '유희적 사랑'을 추구하는 남자라면 최악의 시나리오가 만들어지는 것을 피할 수 없고, 꼭 그런 성향의 남자가 아니라고 해도 결과는 그리 좋지 않다. 타인이 일방적으로 희생하고 헌신하는 관계에서, 부담스러워 발을 빼고 싶어지는 건 인간의 보편적 성향이기 때문이다.

'더 잘해주면', '내가 더 노력하면'의 마법에서 부디 빠져나오길. 고도가 급격히 낮아져 산소가 부족해진 비행기에서 살아남길 원한다면, 남이 아니라 자신부터 산소마스크를 써야 한다는 것을 기억하길. 내가 먼저 산소마스크를 쓰지 않으면, 나의 삶이 중요하다는 것을 스스로 생각해내지 않으면, 결국 나도 상대도 지킬 수 없다는 것을 기억하길. 자신의 삶을 온전히 챙기고 내 감정의 주인이 되는 일을 '이기적'이라고 생각하는 여자들에게는 그야말로 이기적인 남자들만 다가올 뿐이다.

이별의 완성

혼자는 외롭고, 둘은 외롭지 않다고 믿는 사람들이 있다. 아니 많다. 그런 사람들은 자신을 채워줄 누군가를 필요로 하고, 그런 사람인지 열심히 확인하고, 확인받고 싶어 하다가 또 크게 절망하고 다시 이별한다. 그때마다 말한다. '다음번에는 더 좋은 사람이 나타날 거야' 그리고 나서 어느 정도 마음이 진정되면 핸드폰을 들어 그 사람의 연락처를 검색한다. '정말로 차단하시겠습니까? 지금부터 이 번호로 오는 전화와 문자, facetime을 모두 받을 수 없게 됩니다'라는 알림창에 yes를 누르는 것이 이별의 완성이라고 생각하기 때문이다.

나 역시 그랬다. 심드렁한 표정으로, 때론 눈물을 철철 흘리며 차단 버튼을 누르고 나면 어떤 의식을 마무리하는 느낌이 들었다. 하지만 진정한 이별의 완성은 차단 버튼을 통해 완성되는 것이 아니었다. 겨우 그따위 버튼으로 나의 한 시절이 마무리되는 법은 없었다.

우리의 이별은 전혀 다른 곳에서 마무리된다. '최선을 다했지만 헤어졌다. 애썼지만 되돌릴 순 없었으며 그 모든 결과를 수용한다. 나의 이 슬픔을 받아들이기로 한다…….' 가슴께의 뼈가 아릿하게 느껴질 만큼 아픈 말들이지만, 이 말을 스스로에게 소리 내어 해줄 수 있을 때 우리를 아프게 했던 관계를 제대로 정리할 수 있게 된다. 이별을 통해 나와 화해하고, 이 세계와 진정 새로운 관계를 맺게 되는 것이다. 이별은 그 사람과 다시는 만나지 말자며 분노로 가득한 말을 주고받는 것도, 그 사람이 어떻게 이런 식으로 떠나갈 수 있느냐며 그의 흔적을 바라보며 분노하는 것으로도 완성되지 않기 때문이다. 그 사람에 대한 원망을 내려놓고, '너도 그저 나처럼, 행복하고 싶었구나', '너도 그저 나처럼, 별것 없는 불안한 영혼이었구나'를 깨닫는 순간 완성되는 것이 바로 이별이기 때문이다.

내 인생의 전부를 채워주는 것처럼 크고 멋지게만 보이던 사람이, 그저 나와 똑같이 외로워지고 싶지 않고 불안해지고 싶지 않아 힘들어 했던 사람이라는 걸 깨닫는 순간은 참 아프다. 한때 내 모든 것이었던 이가, 그저 초라한 사람이었다는 걸 깨닫는 것은 참 슬프다. 하지만 이별이 우리에게 주는 가르침은 바로 그런 것이다. 그도 나와 비슷한 사람이라는 걸 몰라서, 서로의 빈틈을 잘 채워주려고 노력했다면 좋았을 텐데 각자 기대한 것이 너무 많아 그리되어 버렸다는 걸 깨닫는 일이 기쁠 수는 없다.

왜 그때는 당신을, 그저 있는 그대로 존재하는 당신으로 보아주질 못했을까. 왜 당신이 나의 부족함을, 나의 외로움을, 나의 상처를 모두 감싸 안고 어루만져줄 사람이기만을 바랬을까. 당신도 나처럼 힘들었던 시간이 있었을 텐데, 당신도 나처럼 따뜻한 집 같은 사람이 필요했을 텐데.

나는 나의 슬픔과 공허함을 어찌할 줄 몰랐다. 그래서 당신에게 기대하는 모습은 많았어도, 당신을 있는 그대로 보아 줄 여유는 없었나 보다.

하지만 정말 인생이란 아이러니 그 자체지. 당신이 있을 땐 당신 없으면 안 될 것 같은 나였는데, 당신이 떠나가고 나니 이제 알아버렸네. 나는 당신 없이도 너무나 잘 살 수 있는 존재라는 걸.

'정말로 차단하시겠습니까? 지금부터 이 번호로 오는 전화와 문자, facetime을 모두 받을 수 없게 됩니다'

밀당 이야기1

수년 전까지는 아예 존재하지도 않던 어떤 말이, 사람들의 마음에 확고한 가치로 자리 잡는 일이 있다. 어쩌면 '밀당'이라는 단어에 관한 사람들의 생각이 바로 이런 경우가 아닐지. 자신 있게 마음을 표현하는 것이 자신만의 방식이라고 생각했던 사람도, 밀당이라는 흔하고 쉬운 말 앞에서는 '나도 밀당이라는 걸 해야 했나?'라는 갈등에 빠지고 만다.

어려서부터 혹여 누군가에게 호감이 생기면 그 즉시 "나 너에게 관심 있다. 나랑 만나볼래?"라고 말하곤 했던 나는 사실 이 단어가 처음부터 마뜩잖았다. 상대방의 마음과 내 마음을 동시에 저울 위에 놓고, 요상한 저울질 게임을 하는 것 같은 그 애매함이 싫었던 것이다. 나는 지금 100이라는 마음을 가지고 있지만, 그걸 20 정도인 척 연기할 자신도 없었다. 무엇보다, 그 사람이 나에게 호감을 느끼지 않을 것 같다면 그건 이미 내가 어떻게 할 수 있는 일이 아님에도 관심 없는 척한다고 해서 그 사람의 마음이 늘어날 수도 있다는 그런 가정이 싫었다. 노력으로 되는 것이 있고, 그렇지 않은 것이 있는 걸.

밀당에 대한 믿음은, 우리가 어떤 사람이고 또 어떤 사람을 만나고 싶어 하는지에 관한 생각을 더 깊이 할 수 없도록 만든다. 밀당이라는 방법론 앞에서, 우리는 우리가 어떤 사람인지 그리고 상대방이 어떤 것을 원하는 사람인지는 잊어버리고, 오직 타이밍과 테크닉의 차원에서 해결의 실마리를 찾게 되기 쉽다. '이 타이밍에 좀 더 밀었어야 하나? 저 타이밍에 좀 더 당겼어야 하나?'라는 고민에 매몰되는 것이다.

하지만 참 아이러니한 일이다. 누군가에게 호감을 느꼈다면 그것은 그 사람이 나에게 보여준 고유한 무엇 때문이지 그 사람의 밀당 기술 때문은 아니었을 텐데, 정작 상대의 마음을 얻고자 할 때는 우리의 고유한 무언가를 보여줄 생각을 하기보다는 어떤 '기술'로 다가갈지를 고민한다니. 자기 스스로에 대한 확신이 없으니 기술에 집착하고, 자기 마음에 대한 확신이 없으니 갖은 계산에 골몰하는 것은 아닌지. 모두 밀당이 자신의 가치를 올려주는 어떤 방법이라고들 생각하지만, 사실 밀당은 자신의 가치에 대한 확신이 없을 때나 쓰게 되는 무엇은 아닌지.

누군가와 관계를 시작하고 만들어 갈 때 가장 필요한 것이 무엇일까 생각해본다. 소싯적 매거진 에디터로 일할 때, '그의 마음을 사로잡는 10가지 방법'이라든가 '그와의 불씨를 되살리는 29가지 테크닉'같은 기

사를 썼던 나였는데. 지금 생각하면 정말 어리석은 기사들이었다. 우리가 원하는 건 '잠시' 그 사람의 시선을 끄는 게 아닌데, 스스로에게 솔직하지 못한 채로 연기를 하라고 말했던 그 기사들은 사실상 우리가 '우리 자신으로 존재하지 못하도록 한' 그런 기사일 뿐이었다.

마음을 얻고 싶으면 마음을 주어야 한다. 얕은 테크닉으로 접근하면 그 얕은 테크닉을 시험해보는 기회밖에는 얻지 못하는 법. 세상에 떠도는 숱한 테크닉에 마음을 빼앗겨, 정작 내가 관심을 가진 그 사람에게 건넬 마음 같은 건 남아있지 않게 된 게 아닐까. 고유한 나 자신으로 존재하는 방법도 모르면서, 타인의 마음을 얻으려고 애쓰는 시간은 어딘가 많이 슬프다.

\
밀당 이야기2

밀당 이야기가 나와서 말인데, 여기에는 정반대의 이야기도 있다. "나는 간질간질한 밀당 같은 것은 싫고, 남자답게 묵직한 직구로만 승부하겠다."는 입장이다.

내게 사연을 보내왔던 한 남자가 바로 이런 생각을 가지고 있었는데, 그는 자기가 관심 있어 하던 그녀가 자신을 싫어하는 것 같지는 않으니 계속 묵직하게 직구로 승부를 두면 승산이 있을 거라고 생각했다. 만난 지 얼마 되지 않아 선물을 안기고, 갑작스레 스킨십을 시도한 것이 그가 고른 '묵직한 직구'였으니 결과는 당연히 좋지 않을 수밖에.

밀당을 제대로 하면 상대방이 더 잘 넘어온다는 착각이 자신을 믿지 못하는 것 때문에 시작된다면, '남자는 그냥 직진하면 된다'는 이 오래된 착각은 자신에 대한 과한 자신감에 기반을 두는 것이 아닐까 싶다. 일단 나를 싫어하지만 않는다면 박력 있고 끈질기게 몰아붙였을 때 그 마음에 감복해 결국 여자들이 자신에게 마음을 열 수도 있다는 말이니까. 열 번 찍어 안 넘어가는 나무가 없다는 속담을 그대로 여자에게 적용하는 남자들은, 세월이 흘러도 여전히 많다.

하지만 '남자는 밀당 같은 것 필요 없다. 우직하게 밀고 들어가면 결국 어떤 여자든 감복할 것이다'라고 생각하는 남자들에게 꼭 해주고 싶은 말이 있다. 우리의 부모님 세대에서는 자신의 감정이나 의사를 제대로 표현하지 못하는 것이 여자다운 것이었고 그래서 박력 있게 밀어붙이는 남자가 정답처럼 여겨졌을지는 모른다. 하지만 세상은 변했고, 여자들은 관계를 만들어가는 지분이 온전히 자신에게만 있는 듯 행동하는 남자에게 매력을 느끼지 못한다. 관계가 아직 본궤도에 진입하지 않았을 때도 자기 감정의 페이스대로 주도권을 잡으려는 남자가, 진지한 관계가 되었을 때 상대의 감정을 배려하는 사람일 리 없다고 느끼기 때문이다.

누구든 이번 삶이 처음이라서, 관계에 서툴 수는 있다. 하지만 '이렇게 해야 한대', '저렇게 해야 한대' 같은 세상에 떠도는 말은 곧장 내 것으로 만들려고 애쓰면서, 정작 나와 상대의 마음에는 얼마나 주의를 기울이고 있을까.

남자들은, 남자답게 박력 있게 고백해야 한다는 생각을 좀 내려놓았으면 좋겠다. 여자들은, 자신의 감정을 솔직하게 먼저 표현하는 일에 여전히 남아 있는 두려움을 내려놓았으면 좋겠다. 내가 먼저 감정을 표현해서 별로라고 말하는 남자와는 어차피 나답게 연애할 기회가 만들어질 리 없기 때문이다. 남자다움과 여자다움을 넘어서, 사람다운 연애가 어떤 건지 이야기하는 사람들이 더 늘어났으면 좋겠다.

어떻게 접근해야 잘 먹힌다는 이야기보다 우리가 사랑을 통해 어떤 것을 나누고 싶어 하는지 더 많이 이야기할 수 있다면 그것 역시 좋을 것이다. 이런저런 테크닉을 말하는 일은 정말 지겨울 때도 되지 않았나. 사랑에 관해 철학적인 이야기를 더 많이 나눌 수 있다면, 우리가 하는 사랑도 좀 더 철학적이 되려나.

있는 그대로
존중받는 일

자존감의 정의는 사람마다 조금씩 다른 것 같다. 나는 자기를 존중하는 마음, 장점도 있고 단점도 있지만 그런 나의 모습을 온전히 받아들이고 노력하겠다고 긍정적으로 생각하는 마음, 그러나 이 모습 그대로도 존중받을 가치가 있다고 생각하는 것. 이 모든 것이 바로 자존감이라고 생각한다. 하지만 이게 말처럼 쉬운가 하면 결코 그렇지 않다. 인생에서 다양한 부정적 상황을 맞닥뜨릴 때 우리는 환경을 원망하든 스스로를 원망하든 둘 중 하나를 택하는 경우가 많기 때문이다. 그러다 결국 자신을 비하하고, '난 사랑받지 못하겠구나'라는 것에 생각이 멈춰 버리면 더 이상 자신이 어떤 사람인지 알려고 노력하지 않는 쪽으로 가게 된다. 대신 어떻게든 나를 선택할 사람에게 구원받고 싶은 욕망만이 남아버리는 것이다. 자기 차의 운전석에서 내려, 가장 먼저 나를 선택해줄 사람에게 운전대를 넘기게 되는 것이라고 해야 할까. 위험천만한 인생의 히치하이킹이 시작되는 것이다. 운이 좋다면 좋은 사람을 만나겠지만, 우리들 중 대부분은 그렇게 운이 좋지 않다. 자존감도 없고 하필이면 운도 없는 사람의 대부분은, 결국 자신이 절대 만나면 안 되는 타입의 사람을 만나 운명을 맡겨 버린다. 폭력적인데다 집착이 심하고 소통도 힘든 사람이, 우리가 비켜준 운전석에 냉큼 올라타 버린다.

자존감이 있다고 해서 인생의 모든 문제가 해결되는 건 아니다. 하지만, 자존감이 바닥인 채로는 인생의 거의 모든 상황이 위기 상황으로 변해가는 것 같다. 결혼 전에는 달콤하게 굴던 남자가 결혼 후에 폭력적으로 변했을 때, 자존감이 약한 상태로는 그저 무기력하게 상황을 지켜보는 것 말고 다른 선택을 하기 어렵다. 스스로를 존중해본 적이 없는데, 타인이 나를 존중하지 않을 때 어떻게 문제를 제기할 수 있을까? 문제를 제기했다가 버림받기라도 하면 어쩌나 하고 이미 지레 겁을 먹을 텐데. '아니요'라고 말하지 않으면 안 되는 상황에도 그 한마디를 해내지 못한다.

이러지도 저러지도 못한 채 삶이 비극적으로 흘러가는 건, 인생이 원래 그런 것이라서가 아니다. 그저 잘못된 선택을 하고, 그것을 되돌리는 선택을 하지 않았을 뿐이다. 그러나 답은 생각보다 쉬울 수 있다. 자신의 잘못된 선택을 인정하고 나의 오류를 받아들이는 순간 그것을 헤쳐 나올 힘도 생기는 법이니까. 내가 그랬다. 너무도 낮은 자존감으로 허우적대던 이십 대 후반에 나 역시 누군가의 구원을 기다리다 아주 후회스런 선택을 했다. 삼십 대에 결혼을 하지 않으면 초라할 거라고 생각할 만큼 나는 나라는 사람에 대해 자신이 없었다. 하지만 이렇게 내 인생이 흘러가게 둘 수는 없다고 굳게 다짐하는 순간, 영혼의 눈이 번쩍 뜨였다. 그리고 깨달았다. 정말로 내 인생을 구원하는 건 남자가 아니라 나를 존중하는 선택을 하겠다는 나의 깨달음과 다짐이라는 것을.

늘 그렇듯 방법은 여러 가지일 수 있고, 그중 하나를 찾는 건 각자의 몫이다. 그동안 방치했던 자기존중감을 찾는 방법 말이다. 믿고 존경할 만한 사람과의 주기적인 대화도 좋고, 심리치료클리닉을 가는 것도 좋지 않을까. 난 혼자 떠나는 여행, 주기적인 운동과 명상을 통해 나를 돌본다. 몸을 돌봐야 몸이 건강해지듯, 마음도 계속 돌보지 않으면 나약하고 부정적인 생각에 휩싸이기 때문이다. 여전히 내 안의 일부분은 사랑을 통해 구원받고 싶어 하기 때문이다. 그러니 당신도 부디, 오랫동안 방치하고 무시했던 자신을 돌보는 시간을 만들길. 자신을 측은히 여기고 스스로에 대한 자비를 가져보길. 당신을 위해 뭐든 하려고 애쓰다 보면, 자존감이 무엇인지 깨닫게 될 테니까. 그렇게 내리는 작은 선택들이 모여 우리에게 새로운 역사를 쓰도록 할 테니까.

사랑이 어떻게 변하냐고?

"사랑이 어떻게 변하니?"는 두고두고 회자되는 영화 〈봄날은 간다〉의 대사다. 거침없이 서로에게 빠져들었지만, 서서히 삐걱거리는 관계, 상우는 은수에게 슬픔과 분노가 가득한 표정으로 이렇게밖에 말할 수 없었을 것이다. 언제까지고 함께 하고 싶고, 상대도 나와 같은 마음이길 바랐지만 상대는 나만큼 나를 원하지 않는다는 걸 깨달았을 때의 그 허탈함이란 여러 번을 겪어도 쉽게 무뎌지지 않는 어떤 것이니까.

지난주에 강연하러 갔던 학교에서 한 학생이 내게 질문을 던졌다. 매번 반년 정도면 연애가 순식간에 끝나 버리는데, 오래 가려면 어떻게 해야 하냐는 것이다. 질문은 더없이 간단해 보였지만 누구를 만나도 비슷한 시기, 비슷한 방식으로 헤어졌던 사람의 피로감이 느껴졌다. 반면, 그 이야기를 들으니 영화 속 은수와 상우도 겨울에 만나 사랑에 빠지고 그다음 해 여름이 되어 헤어졌던 게 생각났다. 호감과 호기심이 만들어낸 사랑의 감정이 위기를 맞는 건 대단히 새로울 것도 없는 일이지만, 계절이 두 번 변할 그 언저리에서 우리는 꽤나 많이 이 관계를 계속할지 말지의 기로에 서게 되는 것 같다. 자신들도 모르게, 일종의 '중간평가'를 하게 되는 것이랄까. 시기는 조금씩 다르겠지만 이 과정에서 두 사람이 모두 긍정적 평가를 내리지 않는 이상 관계는 종료의 절차를 밟게 된다.

'어째서 내 연애는 늘 6개월 언저리에서 끝나는가'라고 물었던 그는, 늘 그 언저리에서 상대방과 계속 갈지 말지를 가늠하고 있었을 것이다. 그런데 상대방이라고 그 느낌을 모르지 않는다. 머뭇거리며 뒤를 돌아보고, 앞으로의 날에 대해 미적거리는 태도는 의외로 읽히기 쉽다. 미적거리는 두 사람이, 예전 같지 않을 것은 뻔한 일 아닌가?

하지만 그게 전부는 아니다. 상호간 중간평가를 한번쯤 잘 통과했다고 해서 그 관계가 계속 잘 될 거라는 보장은 누구도 할 수 없기 때문이다. 관계를 시작하는 것보다 관계를 지켜나가기가 더 어렵고 버거운 이유는 우리가 고정된 존재가 아니기 때문이다. 몸, 감정, 생각, 둘러싼 환경들까지. 인지하지 못할 뿐 우리는 매일 끊임없이 변하고 그래서 관계를 지키는 일은 시간이 간다고 더 수월해지지 않는 것일지도 모른다.

한 사람을 2년간 만나고도 서로를 이해할 수 없어 온 전력을 다해 공격하기 바빴고 그래서 무참히 이별을 맞았던 그해에, 나는 인도까지 날아가 명상 지도자를 찾아가 물었다. 왜 우리는 처음의 뜨거운 마음을 잊고 서로에게 상처 주기 바쁜 존재가 되는지를. 그는 대답했다. "누군가에게 처음 사랑에 빠질 때, 우리는 지극히 피상적인 이유로 그 사람을 선택하게 됩니다. 외모가 멋지거나, 배경이나 경제력이 훌륭해서, 혹은 나에게 잘해주기 때문에, 혹은 남들 다 연애하고 결혼하니까 나도 안 하면 안 될 것 같은 불안감에 선택을 하죠. 그러나 그게 문제는 아닙니다. 그렇게 만나도 돼요. 다만 두 사람이 만나는 이유가 그것에 고착되어 있는 것이 문제입니다. 시간이 가면 상대의 외모나 경제력, 나에게 잘해주는 정도, 나의 불안감은 처음과 달라지게 마련이기 때문이죠. 조건이 더 좋은 사람이 얼마든지 나타날 수 있고요." 그는 그 관계를 지키기 위해서는 서로에 대한 동지의식, 존중, 상대방의 행복을 내 행복과 동일하게 존중할 수 있는 상태로 나아가야 한다고 했다. 하지만 많은 이들이 애초에 서로에게 빠진 그 이유만 생각하며 왜 처음과 같지 않느냐, 왜 처음처럼 나를 아껴주지 않느냐 따져 묻는다 했다. 안정된 사랑으로 변하기 위해서, 관계가 단단히 뿌리를 내리기 위해 필요한 것은 '처음의 그 이유들', '두 사람이 함께 탄 첫 번째 배'를 버리고 더 좋은 배로 함께 갈아타야 한다는 걸 모르는 사람들은 끊임없이 배에 올라탔다 탈출하는 일을 반복하게 될 뿐이다. 고단한 인생이, 어리석은 사랑 때문에 더 고단해지는 것이다.

사랑이 어떻게 변하느냐고 묻는 사람들에게 나는 이제 그렇게 말한다. 사실 사랑은 변해야 한다고. 상대방에게 귀 기울이고, 마음을 알아주며, 상대방의 독립성을 존중하고, 상대의 행복을 위해 애쓰지 않는 관계는 당장 내일이라도 끝날 수 있는 무엇일 뿐이라고. 하지만 이렇게 다 알고 설명까지 할 수 있다 해서 사랑이 쉽겠나. 십수 년 했던 직장생활의 모든 고통을 합친 것보다 내 마음을 전달하고 사랑을 지켜내는 것이 천만 배쯤 힘들다. 직장에 돌아가고 싶은 생각은 1도 없지만 이 사랑만큼은 계속하고 싶은 걸 보면 사랑 참 뭔가 싶으며 그걸 지켜낸다는 건 또 대체 뭔가 싶은 것이다.

사랑 때문에 힘들었던 누군가에게 이 글을 통해 한 조각의 위로가 전해지기를.

다음번에는, 더 좋은 사랑들 하시기를. 

사랑의 색다른 완성

"2년 가까이 사귀고 나서 더 늦기 전에 결혼하고 싶다고 이야기를 꺼냈을 때, 그 남자는 그랬어. 자긴 인생에서 결혼 같은 걸 생각해본 적이 없다고. 그런데 나와 헤어지고 나서 불과 1년 정도 만난 여자와 결혼한다는 소식이 들려온 거야. 이미 멀어진 사람인데, 슬쩍 배신감이 들더라. 할 생각이 없었던 게 아니라, 그냥 '나와 할 생각이 없었던 것'이었을까? 내가 그렇게 결혼 상대자로 별로였을까?" 해가 넘어가며 안부나 들으려고 전화한 친구는 이렇게 털어놓았다.

이야기를 듣고 보니 나 역시 조금 다르지만 비슷한 상황을 경험한 게 떠올랐다. 나와 사귀다 스르륵 헤어졌던 남자가, 나와 사귀기 바로 전에 만났던 사람과 결혼을 했던 일. 나와 만나고 나니 그 전에 만났던 사람이 얼마나 괜찮은 여자인지 깨닫기라도 했던 것일까. 난 그와 결혼할 생각이 조금도 없었지만, 그의 결혼 소식은 나에게도 비슷한 허탈함을 주었던 기억이 났다. 나와 만났던 사람이 다른 사람과 결혼하게 되었다는 걸 알게 된다는 건, 어떤 식으로든 딱히 유쾌할 수 없는 일인 걸까. 중요한 사람이었든 그렇지 못한 사람이었든, 어쨌든 나는 그의 리스트에서 삭제되었다는 뜻이라서 그런 걸까.

친구와 통화를 마치고 나니, 얼마 전 지인과 연애에 관한 이런저런 얘기를 나누다 문득 가슴이 콱 하고 막히는 느낌을 받았던 게 생각났다. 그는 그렇게 말했다. "연애는 다 부질없는 사랑 놀음에 불과해. 사랑의 완성은 결혼이고, 사랑의 결실은 아이라니까. 인생은 결혼을 해야 완성되는 거지. 혼자만의 자유? 늙어서도 행복한가 어디 두고 보라니까. 더 늦기 전에 빨리 결혼할 남자 만나야지, 안 그래? 연애 그거 다 쓸모없어." 결혼해서 아이를 낳고 아옹다옹 사는 삶이 아니라면 의미가 없다고 말하던 그는 완벽한 확신에 차 있었다. 행복으로 이르는 길은 마치 단 한 가지밖에 허락되지 않는다는 가족지상주의의 확신 말이다.

하지만 그게 어디 그 사람 혼자만의 생각일까. 결혼을 하고, 아이를 낳아 길러봐야 진정한 어른이 된다는 생각은 기성세대의 아주 오랜 관념이기도 하다. 혼자서 사는 삶은 외롭기 그지없고, 어딘가 부족한 사람들이 선택하는 삶의 양식이라는 생각. 가정을 꾸리고 사는 것이 인간으로 태어나 반드시 이뤄야 하는 목표라도 된다는 듯이. 개인의 행복은 그것 자체를 추구하기보다 어떤 특정한 시스템 안에 들어갔을 때에만 실현된다는 것이 이 사회의 오랜 믿음이었던 것도 같다. 물론 낮은 결혼율과 출산율, 그리고 높은 이혼율 등 다양한 지표들이 이 오랜 믿음의 붕괴를 증명하고 있지만.

다시 이야기를 돌려와 내 친구에 관해 말해볼까 한다. 내 친구가 느낀 허탈한 감정은 단지 나를 아끼던 이가 다른 사람에게 마음을 빼앗겼다는 사실 때문만은 아닐 것이다. 결혼, 그러니까 이른바 사랑의 완성을 내가 아닌 다른 사람과 했다는 얘기가 못내 가슴 아픈 것이다. 아이를 낳고 기르는 일, 즉 사랑의 결실도 내가 아닌 다른 사람과 하게 될지 모른다는 것이 못내 원통했을 것이다. 나와는 안 되던 그 완성이, 다른 여자와는 된다는 게 섭섭했을 것이다.

하지만 여기서 한 번은 멈춰 생각해야 한다. 정말 사랑의 완성이 결혼이고, 사랑의 결실이 아이인가? 그것이 유일한 사랑의 종착지인가? 숱한 사람들이 결혼을 했어도 서로를 제

대로 사랑하지 못해 오히려 더 큰 상처를 입고 종종 헤어지며, 아이를 낳고 기르면서 아이에게조차 큰 상처를 준다. 사랑은 어떤 제도에 들어가겠다고 마음먹는 것으로 완성되는게 아니며, 아이는 그저 두 사람의 의지에 의해 태어났을 뿐 그걸로 끝인 존재가 아니기 때문이다. 사랑의 완성이 결혼이고, 결실이 아이라는 말은 어쩌면 결혼과 양육의 고단함과 버거움을 잊기 위해 만들어진, 달콤한 주문이 아닐까. 혼자서 잠드는 밤은 그저 외로울 수 있지만, 곁에 누가 있어도 외로운 밤은 괴로움과 외로움이 뒤섞인 밤이라는 걸 모르는 사람들만 모른다. 그 어떤 삶의 양식도 감히 사랑을 '완성'할 수는 없다는 것도 그저 아는 사람들만 알 뿐이다. 어떤 사랑은 헤어짐으로 완성되며, 또 어떤 사랑은 아픔을 통한 성장으로 결실을 맺을 뿐이다. 그러니 내일은 친구에게 전화를 걸어 이 말을 해주어야 할 것 같다.

"절대 안 한다던 결혼을 다른 여자와는 1년 만에 하겠다고 결심한 남자 때문에 상처받지 말길. 어쩌면 그는 네게 비겁한 남자였을지 모르지, 그저 이기적인 남자일지 몰라. 하지만 그렇다면 헤어진 것이 오히려 다행이지 않니? 그는 그저 인생의 일정 시기가 되어 특정한 시스템을 선택한 것일 뿐, 그 선택과 너의 가치는 하등 상관이 없단다. 그리고 진정한 사랑의 완성이란 결혼을 하는가 마는가가 아니라, 나와 함께 있는 자이든 나를 떠난 자이든 그의 행복과 평안을 빌어주는 마음에 달려 있지 않을까. 그는 자신의 길을 찾아 떠났으니, 너는 너대로 그와의 사랑에 이제 그만 마침표를 찍어야 하지 않겠어. 너의 가치를 몰라본 사람에게 마음을 쓰기에, 이 삶이 너무 짧단다."

연애하는 자의 숙명,
불안

만난 지 한 달도 채 되지 않았을 때, 내가 무슨 복이 있어서 이렇게 보석 같은 사람을 곁에 둘 수 있게 됐지 의아해하며 피식 웃음 짓던 그 순간을 나는 참 좋아했다. 하지만 김창완님의 노래에서 그랬던가, "시간은 모든 것을 태어나게 하지만, 언젠가 풀려버릴 태엽이지."라고.

가슴 터질 듯한 설렘이 문득 '이 사람이 언젠가 나를 떠나가면 어떻게 하지'라는 불안으로 대체되고, 시시때때로 연락하던 사람이 문득 그러지 않는 걸 알게 되었을 때 생겨난 절망을 감지해본 사람이라면 알 것이다. 연애와 불안은 떨어질 수 없는 한 쌍의 무엇이라는 것을.

누구나 자신이 선택하고 사랑하게 되어버린 사람을 온전히 믿길 원하지만, 그러지 못해 힘들어하는 것을 자주 본다. 밤늦게 술자리가 많은 애인이 밤

새 연락 두절이 되었다가 다음날 오후가 되어서야 연락이 닿는 일이 잦아졌다는 호소, 남자친구가 자신보다 여자사람 친구와 더 친하게 지내는 것 같아 불안하다는 고백, 함께 있을 때 온 전화는 절대 받지 않는데 뭔가 비밀이 있는 것 같고 찜찜하다는 이야기……. 사연은 제각각이지만 결국은 하나의 이야기와 같다.

완전히 믿고 지내길 원하지만
그러기에는 어딘가 불안하다는 것.

하지만 언제나 중요한 건 '진실'을 마주하는 일이 아닐까. 애초에 누군가를 자신의 인생으로 맞이한다는 것은 딱 그만큼의 행복과 불행을 함께 들이는 일이기 때문이다. 좋든 싫든 좋은 것과 나쁜 것이 인생에 함께 들어오는 것이다. 사랑하는 사람의 입술이 달콤한 말을 하고 달콤한 키스를 전할 때 느껴지는 황홀함은, 언젠가 그 입술이 이별을 말하고 "너랑은 도저히 안 될 것 같아."라고 말할 때의 절망으로 얼마든지 대체될 수 있다. 그렇게 절망이 오더라도 감당하겠다는 큰 그림을 볼 줄 아는 사람만이 불안에 대해서도 의연할 수 있다.

상대를 믿지 못하고 그래서 상대의 일거수일투족 때문에 천국과 지옥을 오가며 불안해하는 사람에게 가장 필요한 건 먼저 완전한 믿음에 대한 기대를 버리는 일이다. 백 퍼센트 믿을 수 있는 사람이 존재할 거라는 기대를 접는 것이다. 너무 차갑게 들릴지도 모르겠다. 하지만 우리의 지난 연인과의 일을 기억해보자. 누군가를 완벽히 믿어준 결과가 어땠는지를. 딱히 부정한 일을 저지르지 않았다 해도 우리가 원하는 중요한 기대가 무너지는 순간이 오고야 말았기에 그 연애가 끝났었음을.

우리도 스스로를 못 믿는데, 좋아하고 사랑하는 사람이 우리의 모든 불안을 해결해 줄 거란 생각은 버리는 것이 옳지 않은가. 이 불안을 내려놓는 데에 나의 경우 명상이 도움이 되었다. 불안함이라는 감정의 소용돌이에 빠져 허우적대지 않고, '지금 나는 불안하구나'라고 스스로 알아주며 마음챙김 명상을 시작하는 것만으로도 섣부른 말이나 행동으로 진행되지 않는 힘을 기를 수 있기 때문이다.

생각의 늪에 빠지기 전에 자신의 생각을 관찰하는 훈련을 하는 것은 꼭 필요하다. 내가 완벽한 인간일 수 없음을, 이 불안함도 결국 내가 사랑하는 사람에게 조금도 상처받고 싶지 않다는 욕망을 가진 사람이라서 그렇다는 걸 인정하는 순간 스스로의 나약한 감정을 담담히 받아들일 수 있게 된다. 내가 남과 크게 다르지 않다는 걸 인정하는 것이 불안 대신 평온을 선택하는 키워드가 되는 셈이다.

자신의 불안함을 알아차렸고 어느 정도 받아들일 수 있게 되었지만 그래도 문제가 해결되지 않는다면 그때는 대화의 힘을 빌려야 한다. 자신이 느끼는 불안함에 대해, 혹여 상대의 특정한 행동이 그런 느낌의 주요한 원인이라고 생각된다면 이 부분에 관해 차분한 상태에서 이야기할 필요가 있다. 이때 자신의 감정에 관해 최대한 담담하게 이야기하는 것이 중요하고, 동시에 중요하게 지켜봐야 하는 것은 당신의 불안함과 서운함 같은 감정에 상대방이 어떻게 반응하는가이다. 감정에 대한 감정, 즉 '메타 감정'은 둘의 관계를 가르는 아주 중요한 지표가 되기 때문이다.

나는 '불안'이란 달래주면 사라지는 감정이라고 생각해서 '나 좀 이해해줘, 나 좀 달래줘'라고 기대하고 대화를 시작했는데, 상대방은 내가 불안해하는 모습을 자신에 대한 비난 혹은 공격이라고 느낀다면, 두 사람은 이런 대화 앞에서 더 멀어질 것이 뻔하기 때문이다. 어렵게 속내를 꺼냈지만 오히려 골이 더 깊어졌다면, 대부분 두 사람의 '메타 감정'이 너무 다른 탓일 가능성이 크다. 경험상 이것은 쉽게 타협되지 않으니, 애초에 감정의 폭이 너무 다르지 않은 사람을 선택해 연애를 시작하는 것이 좀 더 행복한 관계를 만드는 데 도움이 된다.

하지만 알 수 없는 일이다. 메타 감정이 다르다는 게 뻔히 보이는 사람에게 걷잡을 수 없이 빠져드는 것이 인간이라서, 올바른 판단을 하고 싶어 눈감고 명상을 하다가도 내게 불안을 선물한 그 사람의 행복을 바라며 울컥하게 되는 게 또 사랑이라서 말이다. 참으로, 하면 할수록 잘 모르겠다. 좋은 것과 나쁜 것이 동시에 오는 이 일이 우리 인생에 얼마나 더 남아 있을까? 마치 친구처럼 사랑과 함께 찾아

오는 불안에 우리는 압도되지 않고 잘 버틸 수 있을까? 다 안다고 생각한 순간 삶이 여지없이 좌절을 주니, 그래서 더더욱 우리는 부질없는 사랑에 기대는 것인지 모르겠다.

4장

혼자일 권리

결혼할 생각이 없는데 어쩌죠?

"저보단 나이가 좀 많은 남자를 사귀고 있고, 그 사람은 결혼에 대한 생각이 구체적으로 있지만, 저는 사실 결혼 생각이 없어요. 제가 그렇다는 걸 빨리 말해둘 필요가 있을까요? 나중에 원망을 듣지 않을까 걱정스러워요."

단순하게 생각하면 그저 '나이 차이 좀 나는 커플의 동상이몽' 정도로 보일 수도 있을 사연이다. 하지만 언제나 그렇듯 한 꺼풀만 벗겨 보면 더 많은 진실이 드러나는 법. "결혼 생각이 없다."라고 잘라 말하던 그는, 나에게 우리 사회에서 결혼한 여자가 맞닥뜨려야 하는 어떤 것을 다시금 환기시켰다.

웨딩드레스, 신혼여행, 보석과 예물, 안락한 집, 깔끔한 인테리어, 함께 장보고 취미 생활하기, 나와 그를 닮은 귀여운 아기. 많은 여자들이 결혼을 상상하며 이런 것들을 떠올린다. 하지만 그런 아름다운 풍경이 유지되기 위해서 여성으로서 개인이 감당해야 하는 것들 또한 무수히 존재한다.

남성 가사분담률 OECD 최하위, 독박육아, 출산과 육아에 부과되는 경력단절, 비정규직에게는 그림의 떡인 육아휴직과 불평등한 명절노동 그리고 맘충 논란까지. 숱한 수치들과 경험담이 여전히 '결혼하면 어쩔 수 없이 감당해야 하는 것'으로 여겨지는 진짜배기 현실이고 이것이 결혼의 진실이다.

그저 사랑하는 사람과 함께 삶을 살기로 굳게 맹세한 대가가, 지금까지 쌓아온 자신의 능력과 관련된 어떤 것이 서서히 혹은 순식간에 무너지더라도 인내해야 하는 것이라면, 어떤 여자가 흔쾌히 결혼을 선언할 수 있을까? 결혼하지 않았을 때는 그나마 좀 가능했던 1인분으로서의 삶이 결혼 후에 더욱 위축된다면 그것이 필수적인 인생의 코스라고 감히 말할 수 있는 사람은 누굴까? 한 사람과 생의 마지막까지 사랑하겠다고 약속하는 일이 얼마나 아름다운 것인지 모르는 바 아니지만, 그것의 종착지가 결국 이렇다는 것은 서글프고 맥 빠지는 일이다.

'아내는 되고 싶지만 며느리는 되고 싶지 않아'라는 여자들의 한숨 섞인 이야기가 그저 이기적인 말로 들린다면, 그게 이기적으로 들리는 만큼 당신은 가부장제의 시혜를 받는 존재일 것이다. 맞벌이를 해도, 심지어 여자의 수입이 더 많아도 '가장'의 호칭은 언제나 남자에게 주어지는 우스꽝스러움이 가부장제가 지켜내야만 하는 어떤 것이라면, 그런 제도 따위는 없어지는 게 맞지 않은가. 하지만 슬프게도 우리 사회에서 결혼을 한다는 것은 여전히 이 불합리한 가부장의 시스템 안으로 스스로 걸어 들어간다는 것을 의미하니, 사랑을 잃고 자아의 일부와 평등을 상실할 가능성이 큰 선택지 앞에서 여자들은 더 많은 고뇌에 빠질 수밖에 없다.

나는 질문을 했던 이에게, 결혼에 대한 생각이 별로 없다는 걸 말해둘 필요는 있다고 했다. 그러나 그것은 그 사람을 위해서가 아니라, 상대 쪽에서 그간 들인 자신의 노력과 희생을 운운하며 당신을 설득하려 할 수 있으니 그때 스스로를 보호하기 위해서라고 말했다. 그녀는 마침내 1인분의 삶을 잘 살아낼 수 있을까? 여자 혼자서도 1인분의 삶을 잘 살 수 있는 세상을 원한다.

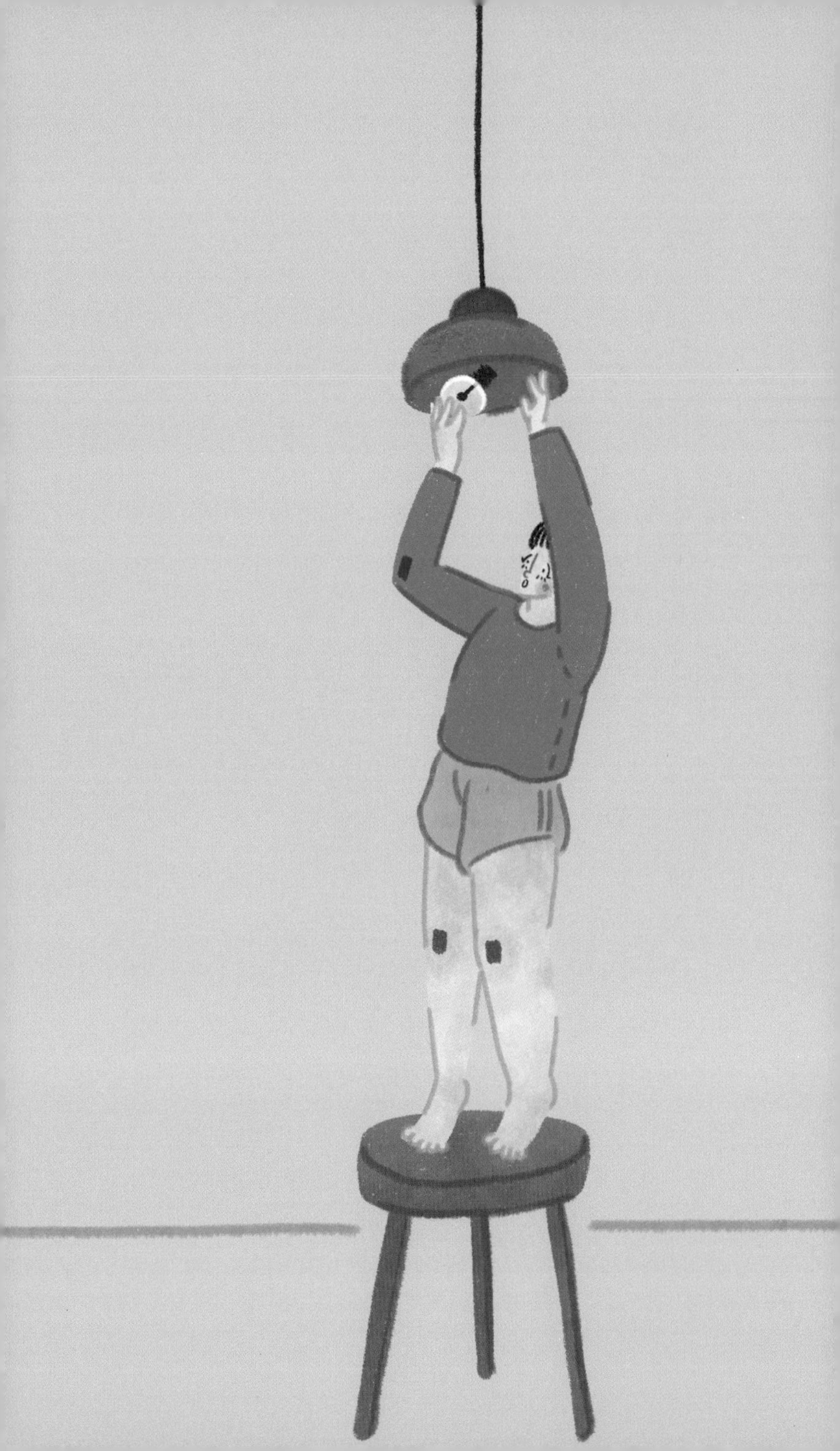

세 번의 호흡

아침저녁으로 명상을 하고, 마음에 번잡함이 일어날 때마다 명상을 한다고 말하면 친구들이 간혹 그렇게 묻는다. "명상은 자기 마음을 내려놓는 것 아니야? 자꾸 그렇게 내려놓기만 하면 안 되는 것 아니야? 내 의견과 생각을 주장해야 할 때도 있잖아."라고 말이다. 방송에서, 토크쇼에 나가서 똑 부러지게 생각을 말하는 내가 명상을 한다고 하니 적잖이 어울리지 않는다는 생각을 했나 보다.

명상은 생각을 내려놓기 위한 목적으로만 하는 것이 아니다. 명상을 하다 보면 나에게 있던 비합리적 신념과 불쾌한 감정들이 자연스럽게 내려놓아 지는 것은 맞지만, 그것은 명상의 과정에서 얻어지는 상태일 뿐 명상의 목적 그 자체는 아니다. 하루에도 수십 번씩 부정적인 상황, 도전적인 이슈와 마주하게 되는 게 우리의 삶인데, 무작정 내려놓기만 해서 어떻게 삶에 제대로 응수하고 그 맛을 살려서 살 수 있을까.

명상의 목적은 겨우 감정을 내려놓는 것이 아니다. 내 삶에서 생각해야 하는 것들, 내가 처리하고 상대해야 하는 모든 상황에 대해 명료함을 가지는 것이다. 상황이 지나가고 나서 후회하고, 왜 더 잘하지 못했을까 자신을 자책하는 일이 잦다면 결국 자신이 원하는 만큼 명료하지 못했다는 의미다. 순간의 감정에 휩싸여 사랑하는 이에게 충동적으로 이별을 고해 후회하고, 순간의 짜증을 어쩌지 못해 오랫동안 노력했던 일을 그르쳐 버리는 것은, 사실 감정에 휘둘리지 않았다면 벌어지지 않았을 일일 뿐이다. 우리가 조절할 수 있는 것은 우리를 둘러싼 상황 그 자체가 아니라, 그 상황에 대한 우리의 태도일 뿐이니까. 상대방을 고치는 일은 힘들어도, 상대방에 관한 내 생각과 입장을 수정하는 일은 가능하니까. 결국은 '어떻게 그 태도를 바꿀 것인가'하는 문제가 떠오르게 된다. 나는 그걸 명상으로 한다.

내가 원하지 않는 방향으로 일이 흘러가 혼란스러울 때, 어떤 사람과 함께 일하다가 의견이나 감정이 부딪혀 괴로울 때 내가 하는 명상법이 한 가지 있다. 바로 세 번의 호흡을 통해 명료함을 되찾는 것.

첫 번째 호흡에는, 그저 지금 이 순간 호흡의 들어오고 나가는 것에만 온전히 주의를 기울인다. 코끝으로 숨이 들어올 땐 '숨이 들어오고 있구나'라고 느끼고, 숨이 나갈 땐 '숨이 나가고 있구나'라고 인지해주기만 하면 된다. 이 과정에서 자연스럽게 잡념이 가라앉고, 한결 깊어진 호흡을 통해 몸과 마음이 안정되는 것을 느낀다.

두 번째 호흡에는, 몸의 감각에 집중한다. 마음의 스트레스는 고스란히 몸으로 전달되기 때문에 힘든 상황이 벌어지고 있을 때 우리 몸의 일부는 통증이나 긴장, 불쾌한 느낌에 지배당하기 쉽다. 상대와 말다툼을 할 때 목 뒤가 뻣뻣해진다거나, 내일 있을 일을 고민할 때 가슴이 답답해진다거나 하는 일은, 결국 우리의 몸과 마음이 긴밀하게 연결되어 있다는 것의 방증이기도 하다. 두 번째 호흡에서 몸의 감각에 집중하는 까닭은, 느껴지는 긴장과 통증을 의도적으로 내려놓는 연습을 하기 위해서다. 딱딱하게 굳은 어깨를, 가슴 한복판의 뜨거운 느낌을, 지끈거리는 머리의 감각에 집중한 후, 그곳의 긴장과 통증을 내려놓겠다는 의도를 세워보곤 한다. 흔히 부정적인 감각, 부정적인 생각은 그저 무시하는 것이 정답이라고 생각하기 쉽지만, 오히려 그 감각을 그대로 인정하고 수용해 줄 때 그것을 내려놓을 수도 있게 되니까. 한 번의 호흡에 내려놓기가 힘들다면, 두세 번 이상 반복하며 긴장감을 내려놓는 연습을 해본다.

그리고 마지막 호흡에서는 스스로에게 명료하게 그러나 다정하게 질문을 해본다. '지금 가장 중요한 것이 무엇이지?' 라고 말이다. 사랑하는 사람과 말다툼이 점점 커지는 도중에, 중요한 발표를 앞두고 혹시라도 실수할까 두려운 그 순간에, 별일 없이 잘 지내고 있다고 생각했지만 별안간 우울한 감정에 압도되는 어느 저녁 날에, 스스로에게 이 질문을 해볼 가치는 충분하다. 정작 중요한 것은 상대방과 서로를 이해하는 일이고, 발표를 잘 해내는 일이며, 다시 오지 않을 저녁 시간을 행복하게 보내는 일일 테니까. 삶이 시작한 이래로 한 번도 멈춘 적 없는 이 호흡을 통해 자연스럽게 내면의 힘을 기를 수 있게 된다. 세 번의 아름다운 호흡, 그 호흡으로 이루어진 이 간단한 명상법을 당신 마음의 친구로 남겨두길 바라며.

살만 빼면 괜찮다는 말

"넌 살만 좀 빼면 괜찮을 텐데.", "살만 좀 빼면 남자 사귈 수 있을 텐데."라고 이야기하는 사람들 참 많다. 오랜만에 만난 친구가 안부 인사차 "살 좀 쪘나? 그때랑 좀 달라 보이네."라고 말하기도 한다. 걱정해주는 것처럼 들리지만 사실은 그저 폭력적인 말일 뿐, 정말 걱정하고 배려할 줄 아는 사람이라면 저런 식으로 말하지 않겠지.

우리의 몸은 마음과 긴밀한 연관이 있다. 건강이 안 좋아지면 기분이 좋지 않아지는 것처럼. 하지만 체중이나 몸매에 대해서라면, 체중이나 몸매 그 자체만큼이나 중요한 게 바로 그것에 대한 자신의 태도와 평가가 아닐까. 아무리 날씬하고 남들이 인정해주는 몸매라고 해도 스스로 못났다고 생각하면 불행할 것이고, 군살이 더러 있고 노화의 징후가 나타나기 시작했어도 스스로가 그 상태를 잘 수용할 수 있다면 행복은 달아나지 않을 테니 말이다.

많은 여자들이 더 높은 자존감을 원하기에 자기 관리를 하고, 또 다이어트를 한다. 하지만 이 문제는 그렇게 간단하지 않다. 여자를 위축되게 하는 건 몸 자체가 아니라 여자의 몸에 대한 사람들의 무자비한 언행이기 때문이다. 폭력적인 말을 들으면서도 스스로를 변호하거나 "그런 말은 거북하다, 하지 말라."고 저항하지 못했던 건, '여자는 역시 날씬하고 예뻐야 해', '난 이런 말을 들어도 싸'라는 일종의 자기 검열과 자포자기 때문은 아니었을까.

타인의 시선을 아예 무시하고 살 수는 없다. 하지만 내가 인식하는 나의 정체성이 오롯이 타인의 말에 기댄 것이라거나, 상처받도록 나를 방치하고 주변 상황을 방관해야 하는 것이라면, 자존감이 설 자리는 없다. 타인의 시선에 만족스러운 내가 되기 위해서가 아니라, 자신을 위한 다정한 마음으로 하루를 살아야 한다. 살을 빼려고 애쓰는 하루가 아니라, 나를 대접하고 아끼는 하루 말이다. 그렇게 살겠다고 다짐하면 일상이 달라질 수 있다. 정크푸드를 멀리하고 좋은 음식을 적당히 먹게 될 것이고, 귀찮아도 조금씩 몸을 움직이기 시작할 것이다. 그리고 좀 무게가 안 빠지면 어떤가. 내 몸과 함께 하는 매 순간이 지금보다는 즐거워지지 않을까. 그리고 무엇보다도, 나의 몸에 관해 폭력적인 말을 늘어놓는 사람들에게 왜 그 말이 잘못되었는지 말해줄 수 있지 않을까.

너는 나와 함께
울어줄 자인가

뉴스를 보고 운 것은 거의 1년 만이었다.
강남역 여성 살인사건이 있었을 때 울었고, 이번에 한 왁싱샵에서 일하던 여성이 살해당했다는 뉴스를 접하고 나서 울었다. 1년 전 그때, 피해자가 여성이라서 그런 일을 당한 것이 아니라고 말하고 싶어 하던 경찰과 언론을 기억한다. 그저 여자들만이, '나도 당할 수 있는 일'임을 기억하고 함께 눈물을 흘렸다는 사실도 기억한다.

어떤 사람에겐 이런 뉴스가 그저 흉흉한 사건 사고의 한 꼭지로만 여겨질지 모르겠다. 나와는 상관없고, 내가 굳이 겪지 않을 것 같은 일. 하지만 사람의 일이란 모두 어떤 식으로든 연결되어 있고, 아무리 사적이고 비밀스러운 관계도 그 사회를 떠나 독립적으로 존재할 수 없다. 가장 사적이라 여겨지는 연애 관계도 예외는 아니다. "왁싱샵 살인사건을 접하고 괴로워하는데, '너는 가정집에서 혼자 일하는 게 아니니 그런 일을 당하지 않을 텐데 왜 걱정하느냐.' 는 남자친구의 반문에 말이 막혔고 너무 실망했어요. 제가 너무 예민한 건가요?"라고 물어온 후배의 하소연이 증명하듯이.

연애가 그저 먹고 마시고 영화를 보고 가끔 섹스하는 것이라면 누군가의 죽음을 소재로는 대화하지 않는 편이 적절할 것이다. 하지만 연인을, 그리고 관계를 내 삶을 공유하는 소중한 사람으로 인식한다면 이 서러운 죽음들은 관계에서 피할 수 없는 이야기가 되어버린다. 소중한 것을 끊임없이 내어주고 또 공유해야 하니까, 그럴만한 가치가 있는 사람인지 확인해 보아야만 하기 때문이다. 나에게 소중하고 엄중한 무엇에 "왜 이렇게 예민하게 굴어?"라는 반응이나 보이는 사람일 때, 그 관계는 금세 위태로워질 것이기 때문이다. 뉴스를 보고 분노하는 나에게 "그래도 예전에 비하면 여자들 살기 좋은 세상 아니야?"라고 묻는 사람과는 더 이상 나눌 이야기가 없을 지도 모르기 때문이다. 그런 이유로 나는 〈개그콘서트〉를 즐겨 보는 남자와는 사귈 수 없고, 밤길을 걷는데 앞에 가던 여자가 돌연 뛰어가서 기분이 나빴다는 남자와는 더 나눌 대화가 없으며, 성매매를 해 본 경험이 있는 남자와는 밥 한 끼도 겸상하기 싫다. 다만 나는 같은 유머에 웃음을 터뜨리고, 같은 뉴스에 눈물을 흘릴 수 있는지를 본다. 무엇에 분노하는가의 문제는, 어떻게 살기 원하는가의 문제와 가깝게 맞닿아 있기 때문이다. 세상의 절반이 겪는 고통에 공감할 줄 모르는 이에게 미래 따윈 없기 때문이다. 한낮의 서울역 광장에서 취한 남성 노숙인이 다가와 "맛있게 생겼다."며 희롱을 하고, 압구정 한적한 횡단보도에 함께 서 있던 남자가 돌연 몸을 돌려 수십 초간 히죽거리며 내 몸을 훑었을 때 내가 느낀 공포에 관해서 이야기하는데도 "에이 네가 오해한 거 아니야?"라고 말

하지 않을 남자여야만 하겠지. 나는 앞으로도
자주 그런 일을 겪어야 할 테니까.

"나만 믿어, 내가 널 지켜줄게."라고
자못 믿음직스럽게 말하는 남자조차
찾기 힘든 세상이지만,
너의 도움 없이도 스스로를 지킬 수 있는
세상이 되기를 원한다 말했을 때
그걸 이해할 남자는 또 몇이나 될까?
오늘도 시나브로, 인류애를 잃어간다.

저 여자의 말투가 마음에 들지 않아요

〈마녀사냥〉이 한창 방송 중이었던 때, 해당 방송사 옴부즈맨 프로그램에 나의 말투가 안건으로 올라온 적이 있었다. 출연자 중에 곽정은의 말투가 방송에는 적절하지 않게 느껴진다는 시청자의 의견이 있었나 보다. 어쩌면, 그에게는 TV에서 애교와 웃음으로 중무장한 어린 여자 연예인이나 억척스러움을 뽐내는 중년여성을 본 경험밖에 없었을지 모르겠다.

그런데 말이지. 자기가 아는 것을 안다고 뽐내며 말하는 여자가 한 명쯤은 있어야지, 웃지 않고 반대 의견을 말하는 여자가 한 명쯤은 있어야지. 절세미인도 아니고 어리지도 않지만 당당하게 관록을 뽐내는 여자가, 그래도 한 명쯤은 있어야지. 말의 내용보다 말투가 중요하다고 말하는 당신의 생각도 방송을 타는데. 그렇지? 나 하나쯤은 이렇게 당당하게 있어 줘야지.

여자를 사는 사회

여자들은 자주 믿고 싶어 한다. '세상 모든 남자가 다 그래도 내 남자만은'이라는 상상의 가능성을. 하지만 그녀들은 간과한다. 너무도 명백한 숫자를. 2010년 여성가족부에서 실시한 실태조사에 따르면 한국의 성매매 산업 규모는 6조 8,604억에 달한다. 8년 사이에, 이 숫자가 줄어들었을 거라고는 생각되지 않는다. 다양한 규모와 다양한 레벨의 성매매 업소들은 우리가 살아가는 도시 한쪽에 그렇게 공존하며 오늘도 불야성을 이룬다.

그래도 내 남자만은……. 이라는 생각은, 슬프지만 배신당하기 쉬운 믿음일 수 있다. 이 사회의 구조는 "남자가 일하다 보면 그럴 수도 있지."라고 말하는 거대한 카르텔이 지배하는 구조로 보는 것이 딱히 어색하지 않기 때문이다. 별도의 죄책감이 개입되지 않아도, '원래 이렇게들 사는 거야'라고 도덕적 저항선이 내려가 버렸다고 해야 할까. 하지만 묻고 싶다. 원래 이렇게 사는 거라니. 원래 살던 대로 살면 그게 옳은 것인가?

그가 "남자가 일하다 보니 어쩔 수 없이……."라고 말하는 사람이라면, 그의 현재 혹은 미래에는 그 '어쩔 수 없는 일'이 높은 확률로 일어난다. 그가 "그런 건 정말 나쁜 일이고 난 그럴 생각이 없어."라고 당신에게 공감해준다면, 그 일이 일어날 확률은 꽤 떨어지지 않을까. 그가 다른 부분에 대해 당신에게 신뢰를 주고 또 그 신뢰를 유지하려는 사람인지를 보길 바란다. 그리 오랜 시간이 지나지 않아, 어떤 식으로든 진실은 밝혀지게 되어 있기 때문이다. 진실을 밝히지 않은 비겁한 사람에게 속아 넘어간 인생의 시간이 분하긴 하겠지만, 그조차 당신이 한 단계 성장하는 의미가 될 수는 있을 테니까.

즉, 당신은 스스로의 신념이 무엇인지 확인할 수 있고, 자신이 누구인지 확실히 알게 되는 것이다. 신념이라는 게 그런 것 아닐까. 자신에게 중요했던 것을 잃게 되더라도 지켜내고자 하는 것. 페널티가 주어지더라도 지켜내고자 하는 고귀한 가치. 설사 당신이 만나게 되는 남자의 대부분을 포기해야 한다 해도 자신이 용납할 수 없는 것에 타협하지 않는 것.

신념과 원래 중요했던 무언가, 이 둘 중 하나를 택해야 할 때, 우리가 선택하는 것이 곧 당신이 고르는 미래가 된다. 인생의 파트너를 구할 때, 자신의 마음속 가장 좋은 자리를 내어줄 한 명을 정할 때, 신념이 없거나 나와 신념이 맞지 않는 사람과 굳이 함께 하며 스스로를 홀대할 이유는 무엇일까.

\
당신의 인생이 축소되길 원합니까?

공식 석상이나 방송 녹화장에서 나를 소개할 때 따라붙는 표현은 '연애 칼럼니스트'라는 호칭이다. 연애 칼럼니스트, 연애 전문가, 연애 박사. 뭔가 이렇게 나열하고 보니 한 2초간은 적어도 연애에 관해서 만큼은 그 누구도 뭐라고 할 수 없는 스페셜리스트 같이 느껴지기도 하지만, 사실 나는 이 호칭들을 그리 좋아하지 않는다. 아니, 이제 좀 싫기까지 하다.

그 이유는 확고하다. 저 호칭들이 일하는 사람으로서의 나를 온전히 담을 수 없기 때문이다. 스물네 살 처음 기자로 입사하고, 서른일곱 살에 프리랜서가 되기 전까지 나는 여자의 삶과 관련된 거의 모든 것을 취재하고 글로 써서 전달했던 사람이기 때문이다. 어쩌다 보니 연애와 관련된 칼럼을 대내외적으로 많이 썼고, 그간 연애 에세이도 여러 권 냈고, 연애 사연을 풀어주는 TV 프로그램에 캐스팅되어 활발한 활동을 했던 것도 맞지만 나는 한 번도 저 호칭에 만족했던 적이 없다. 연애 전문가라니, 연애를 전문적으로 하는 사람같이 느껴지는 저 표현 때문에 오해도 더러 샀다. 기자로서, 작가로서 내가 주목한 것은 사랑하는 이와의 관계, 그 속에서 일어나는 감정이라는 소재였지 연애테크닉 같은 것이 아니었는데 "배우신 분이 왜 연애 타령이나 하고 있느냐."는 빈정거림을 또 얼마나 받아야 했는지. 누구나 하는 그 흔한 것이 연애인데, 고분고분하거나 부드럽지 않고, 생각하는 것만큼은 똑 부러지게 말하는 화법 때문에 "아는 척은 혼자 다 한다.", "말투가 마음에 들지 않는다."는 비난을 듣기도 했다.

활동영역이나 수입은 늘어났을지 몰라도 나는 분명히 하나의 이미지로 '축소'되고 있었다. 하나의 분야에 집중해 전문적인 글쓰기를 했기에 나라는 사람의 색깔을 또렷하게 만들 수 있었지만, 결과적으로 내가 했던 다른 일들은 나에 대한 정보 값에서 지워져 버리는 결과도 동시에 일어난 셈이다. 이대로 평생, 연애 이야기만 하며 사는 사람으로만 남을 것인가. 고민이 필요한 시점이 올 수밖에 없었다.

이십 대에는 그저 남들 뒤를 쫓아가기 바쁘고 커리어 쌓기에 급급하기 마련이지만, 삼십 대에는 자신의 컬러를 찾는 것이 가장 중요하다. 나만의 뾰족한 무언가, 나를 인식시킬 무언가가 필요해진다. 나의 이십 대는 허겁지겁 남들처럼 직장생활을 시작하는 것 그 자체가 목표였지만, 삼십 대 초반에 인생 첫 번째 책을 내는 것을 통해서 남들과 다른 나만의 컬러를 찾게 되었다. 2008년 당시 한국의 월간지 업계에는 수천 명의 기자가 일하고 있었겠지만, 그중에 자신의 이름을 걸고 일 년 동안 두 권의 책을 연달아 내고 대번에 베스트셀러에 등극한 사람은 몇이나 있었을까. 나는 그렇게 흔하고 흔한 기자라는 직업을 도움닫기 삼아 나만의 확실한 세계를 만들었다.

그런데 첫 책을 낸 시점으로부터 정확히 10년, 이렇게 사십 대를 맞이하고 나니 마음속에 새로운 힘이 꿈틀거리는 것이 느껴진다. 남들과는 구별되는 확실한 컬러를 가지는 것은 이미 이루었으니, 이제 새로운 프레임을 세우고, 그 안에 나를 차곡차곡 쌓아 올리고 싶다. 내가 인생에서 느끼고 경험하는 것들을 온전히 체화해서 나라는 필터를 통해 더 많은 사람들에게 전달해주는 역할을 하고 싶은 것이다. 남과 구별되는 특정한 컬러를 갖기 위해 애썼던 삼십 대 이후에 와야 하는 것은, 더 많은 사람과 더 좋은 것들을 나눌 수 있는 플랫폼으로서의 삶이 아닐까. 지난해부터 대학원에서 상담심리학을 공부하고, 명상 인스트럭터로서의 삶을 시작하고, 나의 작은 서점을 열어 그곳에서 다양한 일을 벌이려고 하는 것은 이렇듯 내 삶의 방향성에 대한 명확한 자각이 있었기에 가능한 일들이다. 예전이었다면 그냥 귀찮아서라도 굳이 하지 않았을 도전, 새로운 일에 대한 애씀이 어디에서 기인했는지 그 누구보다 나는 또렷이 인지하고 있다.

우리가 선택하는 일이라는 것은 생각보다 정말 많은 것에 영향을 끼친다. 살면 살수록, 일하면 일할수록 그것을 절감하게 된다. 그것은 우리가 세상을 경험하는 방식이고, 세상을 바라보는 프레임이며, 우리의 주변 사람들을 구성하는 소스가 되는데다가, 우리의 미래에 대한 도움닫기 트랙이 되기도 하니까. 공을 들여서 한 분야의 전문가가 되는 것은 중요하다. 하지만 그것이 자신의 확장 가능성을 그르치는 순간이 온다면 결국 어떤 결단을 내려야만 한다. 전문성이라는 단어가 가진 달콤한 과육 안에, 언젠가 땅에 심으면 싹이 나는 씨앗이 들어있는지를 확인해 보아야 하는 것이다. 인생은 길고, 우리 삶의 의미는 그보다 더 길어야 하기에.

"벌써 마흔둘이냐? 너나 나나 늙었다. 앞으로 8년은 열심히 더 일해보자. 그래도 아직 젊다."고 새해 인사를 보내온 동갑내기 친구에게 못다 한 말이 하나 있다. "친구야, 태어나자마자 한 살 먹고, 새해가 시작되면 또 한 살 먹는 한국식 나이 계산법에 난 관심이 없다. 그리고 우리 이미 꽤 나이 먹은 건 맞는데, 난 나의 사십 대가 기대 돼서 잠이 다 안 올 지경이라고! 희망을 가져! 그리고 너의 사십 대도 그렇게 확장되는 인생이길."

\
연애가 이제 싫어졌어

가끔 지인들이 물어올 때가 있다. "요즘 연애는 안 해?"라고. 그럴 때마다 천연덕스럽게 대답한다. "귀찮고 눈물 빼는 거 또 해서 무슨 부귀영화를 누리겠다고." 연애 박사가 연애를 안 하면 어떻게 하느냐고 사람들이 말하면 또 한마디 해준다. "박사도 연구를 쉴 때가 있지 않아?"라고.

솔직히 말하면 나는 연애가 싫어졌다.
첫눈에 반했고 그 사람도 같은 마음이라는 걸 알아서 느꼈던 행복과 설렘이 결국, 떠나갈 때는 철천지원수처럼 문을 쾅 닫고 씩씩대며 사라지는 순간으로 대체되는 것이

처음엔 서로의 마음을 얻기 위해
무엇이든 해줄 것처럼 노력하던 너와 내가
그 무엇도 상대를 위해서는 해주지 않을 사이처럼
차갑게 변하는 것을 바라보는 것이

거짓말을 하는 사람들을 그토록 경멸하며
자신의 진실성을 강조하던 그가
사실은 가장 큰 거짓말을 하는 사람이었다는 것을
알게 되었다는 것이

또 누군가를 만나 사랑하고 정성을 쏟고 마음을 주고
그러나 상처를 입고 그것을 회복하려 애쓰는 과정에서
결과적으로야 그 상처로 인해 내가 많은 성장을 했을지라도
이제 그런 식으로는 나를 성장시키고 싶은 생각이 없다.
인생의 시간도 나의 에너지도 정해져 있기에
허투루 쓰기엔 모든 것이 절실해서겠다.

누군가의 관심을 받아야만 외롭지 않고,
내 가치를 인정받은 거라고 생각하던 때가 있었나.
사랑받는다는 느낌이 줄어들면 서운해 하던 내가 있었던가.

내가 그토록 갈구했던 사랑이,
너무도 커 보였던 당신들이
사실은 스스로의 문제로
이미 자유롭지 않던 영혼일 뿐이라는 걸 이제 알기에

나를 제대로 사랑하는 법을 알지 못한 채
타인에게 사랑받기 위해 애썼던 날들이 가져다주는
허무함의 정체를 이제 알기에.

나는 연애가 이제 싫어졌다.
하지만 또 어떻게 될지 알 수 없지.

자신의 마음도 모른 채
타인의 마음을 얻고 싶었던 날들을
함께 추억할 수 있는 사람이라면,

허름한 선술집에서든 값비싼 몰트 바에서든
사람을 대하는 태도가 변치 않는 사람이라면,
관계란 변하고 때로 퇴색하며 결국 소멸하게 되는 것이
피할 수 없는 과정일지라도
남은 시간을 함께 보내며
나의 성장을 지켜보고 싶다고
용감하게 고백하는 사람이라면,

모르지 그런 사람이 나타나 진다면……
그런데 또 모르지, 그런 사람이 세상에 있기나 할는지.

섹스 칼럼을 쓰는 어떤 한국 여자

며칠 전, 아주 오랜만에 첫 직장이었던 휘가로 잡지사 선배들을 집으로 초대해 집들이를 하고 있는데 선배들이 나에게 이런 이야기를 해주었다.

"얘, 너 기억나? 너 신입으로 들어온 지 얼마 안 됐을 때인데, 네가 그렇게 말하고 다녔잖아. 나중에 꼭 최고의 섹스 칼럼니스트가 되겠다고. 그때 다들 너보고 참 독특한 애라고 그랬어. 어떻게 저런 생각을 하느냐고."

나로서는 도무지 기억나지 않는 2002년의 굳은 결의. 그것을 선배들이 수십 년이 지나도록 기억하고 있는 것도 신기할 노릇이지만, 가장 신기한 건 어쨌든 그런 말을 하고 다녔던 스물네 살의 나라는 사람일 거다. 이제 갓 대학을 졸업하고, 딱히 연애나 섹스 관련 취재 기회가 주어진 것도 아니었는데 내 꿈은 이미 '한국의 캐리 브래드 쇼'였다니.

또 하나 일화가 있다. 내가 2005년에 입사한 코스모폴리탄의 선배들이 해준 이야기다. 그렇게 입사하고 싶던 회사에 들어가고 나서 또 얼마 지나지 않아, 나는 그렇게 말하고 다녔다고 한다.(나는 도무지 기억이 안 난다는 이야기다) "선배! 저는 나중에 유명한 사람이 되어서 자유롭게 책 쓰고, 강연하면서 살 거예요!" 배워야 할 게 많은 3, 4년차 직장인이 호기롭게 떠들고 다니기엔 조금은 크고 먼 꿈이었기 때문일까, 코스모폴리탄의 선배들도 그 말을 기억하고 있다가 내게 해준 것 역시 꽤나 최근의 일이다.

누군가는 코웃음 치며 '너 따위가 어떻게'라고 생각했을지 모를 이야기들은 신기하게도 모두 현실이 됐다. 직장인의 삶을 미련 없이 정리했을 때, 나는 내가 원한 삶의 방식과 모습 전부를 내 손 안에 쥐고 살게 되었으니까.

뭐든 생각하고 바라는 대로 다 이루어진다는 《시크릿》류의 이야기를 신봉하지 않는다. 대책 없는 믿음은 자신의 인생에 실망만 더해주는 법이니까. 다만 나는 언제나 일하는 사람으로서의 내가 어떤 방향으로 나아가기 원하는지에 대한 지향점을 마음에 새기고 있었다. 좋아하는 분야가 뚜렷했고, 내가 잘할 수 있는 일에 대한 평가 역시 확고했기에 일터에서 하는 어떤 경험이든 그 다음 스텝으로 올라가는 데에 소중한 재료가 되었다.

처음에 월간지 기자로서의 커리어를 시작할 때 고민이 없었던 것은 아니다. 정시퇴근은 꿈도 꿀 수 없었고, 박봉에 야근이 너무 많다는 것은 부모님이 내 직장생활을 반대하는 가장 큰 이유였고, 열심히 일을 하긴 하지만 내가 열심히 취재해 쓴 글을 보는 사람이 얼마나 될까 하는 회의감도 컸던 것 같다. "신문 기자도 아니고, 방송 기자도 아니고, 잡지 기자가 뭐 쓸모에 있어?"라고 말하던 아버지의 말이 그렇게 아프게 들릴 수가 없었다.

남들의 시선에는 나의 일이 어땠는지 몰라도, 나는 적어도 하나만큼은 자신이 있었다. 내가 담당한 기사의 최고 결정권자가 된다는 것, 매달 내 이름이 박힌 기사가 몇 만 부씩 전국에 퍼진다는 것, 각계각층의 사람들을 만나 날것의 이야기를 듣는 경험을 할 수 있다는 것이 내가 나의 직업을 귀하게 여기고 놓지 않겠다는, 그리고 이 안에서 발전하겠다는 다짐을 하게 했다. 그 다짐이 점점 단단해지고 복잡해져서 나는 결국 최고의 섹스 칼럼니스트라는 자리를 앉았고, 자유롭게 글 쓰고 강연하며 먹고사는 유명한 사람이 되는 데 성공했다.

물론 알고 있다. 아직도 나의 기사에 어떤 사람들은 '그 얼굴에 무슨 연애나 해보았겠느냐'며 나의 외모와 직업을 동시에 공격한다는 걸. 하지만 어쩌겠는가. 나는 외모 때문에 일할 기회를 잡은 사람이 아니고, 나의 사적인 연애경험은 내가 쓰는 글의 겨우 10퍼센트 미만의 지분을 갖고 있는데(설마, 내가 연애경험을 토대로 '남자를 홀리는 법'같은 글을 쓴다고 생각하는 건가). 그리고 나는 또한 잘 알고 있다. 혀 짧은 애교도, 어린 여자의 풋풋함도, 난 몰라요 아잉 하는 백치미도—그러니까 미디어에서 늘 보이던 어떤 특정한 여성상에는 일치하는 것이 하나도 없으면서, 웃음기 없이 자신의 생각을 전달하는 여자를 바라보는 게 그들에게는 얼마나 버겁고 힘든 일이었을지도.

그런 한국사회에서, 17년째 내 삶을 온전히 책임지는, 한 일하는 여성으로서의 내가 해왔던 섹스 칼럼니스트라는 일을 다시 생각한다. 새삼, "너 그러다 시집 못가면 어쩌려고 그런 글을 도맡아서 써?"라고 말하던 동갑내기 친구들의 노파심을 떠올린다. 한편으론 사랑을 소재로 삶에 관해 이야기하고자 하지만 여전히 '야한 칼럼 전문가', '19금 토크 전문가'로 오해당하는 나의 입지에 대해서도 생각하지 않을 수 없다.

어쨌든 나는 지금까지 원하던 꿈을 전부 이뤘다. 그리고 역시 사람들이 들으면 잠시 코웃음을 칠지도 모를 그럴 꿈을 또 꾸고 있다. 그러나 누가 감히 코웃음을 치는가. 어리고 어리석었던 날 그저 남자들에게 선택받고 싶고 사랑받는 방법이 궁금해서 열심히 취재해 쓰기 시작했던 연애 기사들이, 참으로 역설적이게도 내가 일하는 사람으로 성장하는 자양분이 되었다. 초라하게 시작한 기회였지만, 사람들의 시선이나 힐난에 주눅 들지 않기로 했을 때 비로소 그것은 나의 삶이 되었다.

그저 연애 고민을 해결해주는 그런 언니가 아니라, 삶의 다양한 고민을 함께 걱정하고 해결책을 찾아가는 그런 사람으로 나는 살고 싶다. 사적인 고민 때문에 섹스 칼럼을 열심히 쓰기 시작해 결국 그것을 나의 간판으로 만든 것처럼, 누군가의 고민 또한 오히려 세상을 크게 열 수 있는 열쇠가 된다는 것을 알게 해주고 싶다. 타인의 시선을 고려해 선택하는 적당한 직업이 아니라, 그저 나다울 수 있는 일을 했을 때 온 세상이 환영한다는 것을 알리는 사람이고 싶다. 내가 가진 1인분의 삶을 열심히 사는 일이, 이렇게 즐거울 수가 없다.

5장

세 가지 삶

cat

\
크리스마스이브에 쓰는 글

크리스마스엔 혼자 있으면 무능한 사람 같고, 어떻게든 데이트를 하면서 로맨틱하게 보내야만 할 것 같은 무언의 압박이 있다. 혼자 집에서 크리스마스를 맞지 않기 위해, 조금씩은 애를 쓰는 것 같다. 외로우면 안 된다는 조바심, 남들처럼은 놀아야 할 것 같은 강박. 그것은 우리가 인생에 관해 가지는 강박과도 비슷하다. 아주 자연스럽게 습득되는 행복에 대한 획일적인 생각 말이다.

좀 외로워도 되는데, 사실 혼자 있다고 안 좋은 일이 벌어지는 것도 아닌데, 일에 푹 빠져서 사는 인생이나 그저 좋은 친구들에 둘러싸여 하하호호 웃는 삶도 썩 괜찮다고 생각했다. 어떻게 보내야 한다는 법칙은 사실 때때로 허무하기 짝이 없다. 기억에 남는 것은 남들처럼 이렇게, 저렇게 보내기 위해 애쓴 시간이 아니라, 우리가 우리 자신으로 살기 위해 노력하고, 의미 있게 살기 위해서 애쓴 기록들뿐이니까.

인생을 대하는 태도와 크리스마스를 대하는 태도는 본질적으로 그렇게 다르지 않다. 아니 다를 리가 있나. 남들처럼 지내는 것, 남들처럼 노는 것, 남들처럼 행복해 보이는 것을 삶의 기준으로 두는 사람은 크리스마스 하루뿐만 아니라 인생의 나머지 순간에 있어서도 그런 태도로부터 자유로워지기 힘들다. 둘이라면 더 재미있게 지낼 수 있을지 모르겠지만, 혼자여도 나쁠 것은 없다고 생각할 수 있다면 어떤 날이든 씩씩하고 즐겁게 마무리할 수 있지 않을까.

쿵쿵쿵 탁탁탁

쿵쿵쿵 탁탁탁. 새벽 한 시에도 새벽 여섯 시에도 윗집은 예외가 없다. 단 하루도 빠짐없이, 층간소음이 이곳에 있었다. 그런데 얼마 전부터 난 이 소음을 한결 너그럽게 받아들인다. 이 집에 사는 것도 이젠 안녕인 날이 다가오고 있기 때문이다. 그래 일주일 뒤면, 이 집하곤 안녕이다.

끝이 있다는 것을 알고 있으면, 우리는 우리가 느끼는 부정적인 자극에 조금은 너그러워지게 되는 것일까? 모든 부정적인 감정에도 결국은 끝이 있고, 어떤 힘든 관계조차 영원하지 않은데, 이 모든 것들을 마치 끝장나지 않을 무엇으로 여기기 때문에 우리는 무언가에 너그러워지는 법을 제대로 배우지 못했는지도 모르겠다.

어,
그러고 보니 이제 좀 조용해졌네.

다르게 걷기

걷는 일을 참 좋아한다. 하루 종일 뒹굴 거리기로 한 날도, 전날의 과로에 지쳐 죽은 듯이 잠만 자던 날이라 해도, 갑자기 일어나 주섬주섬 옷을 챙겨 입고 어디론가 정처 없이 목적지도 없이 걷기 위해 나가는 것을 좋아한다. 누구 하나 나를 기다리는 사람 없어도, 혼자 목적지를 정하고 그곳에 가서 걷는 일을 참 좋아한다.

목적지도 없이, 목표한 바도 없이 걷는 일은 분명히 외롭다. 세상의 어떤 곳을 걷든 나처럼 혼자 걷는 사람보다는 둘, 혹은 여럿이 함께 걷는 사람들을 마주치는 일이 더 수월하고 더 자주 일어나기 때문이다. 걷기에 좋고 편안한 길일수록, 쉽게 갈 수 있는 장소일수록 나처럼 혼자 걷는 사람들보다는 누군가와 함께 걷는 사람들이 많다. 그리고 그런 곳에서 혼자 걷는 일은 여지없이 나에게 한 가지 사실을 일깨워 준다. '나는 역시 혼자'라는 사실. 다들 저렇게 연애를 하는구나, 다들 저렇게 가족을 꾸렸네, 다들 저렇게 아이가 있어……. 혼자서 걷던 길목에서 절감하는 것이다. 혼자라는 건 어쩌면 '노멀'한 일은 아니겠다는 것을.

하지만 혼자 걷는 일은 그 자체로 홀가분하다. 내가 지금 어디에서 어떤 기분으로 걷고 있는지, 지금 내 몸에 느껴지는 많은 감각은 어떤지 섬세하게 느낄 수 있다. 아주 천천히 발에 느껴지는 감촉에 집중해서 걸을 수도 있고, 아주 빠르게 숨이 턱에 차는 속도로 걸을 수도 있다. 원래 가고 싶었던 곳까지 가지 못해도 이 자체로 괜찮고, 원래 생각했던 것보다 두 배, 세 배 산책이 이어져도 그것 또한 괜찮다. 언제든지 시작하고, 언제든지 끝낼 수 있고, 언제든지 방향과 속도를 바꿀 수 있는 혼자만의 산책은 걷는 일에 오롯이 집중할 수 있기에 그 자체로 명상적이기까지 하다. 과거로도 가지 않고, 미래로도 가지 않고, 마인드풀하게 현재의 경험에 온전히 나를 맡길 수 있는 그런 시간이니까. 이렇게 걷는 시간에 떠오르는 어떤 일들이 나로 하여금 새로운 도전을 하게 만든 적도 많았고, 걷는 시간에 감정이 정화된 적도 참 많았지만 애초에 그런 목적의식을 가지고 걸었던 것이 아니라는 게 중요하다.

'아이디어가 필요해', '감정을 정리하겠어'라는 목적을 가지고 시작하는 산책은 오히려 그토록 원했던 목표에 얽매이는 시간이 되곤 했으니까. 원한다고 다 얻어지는 것이 아니라, 오히려 내려놓을 때 의외의 선물이 주어진다는 것을 혼자만의 산책을 통해 여러 번 확인해 왔다.

어떤 친구들은 내게 묻는다. 그런 친구들은 하필이면 혼자 걷고 있을 때 별안간 전화를 해서 묻곤 하는 것이다. "지금 혼자 걷는다고? 목적지도 없다고? 아니 혼자 왜 궁상이야. 남들이 처량하다고 해. 그만 걷고 빨리 들어가." 괜찮다고 말하고 전화를 끊으면 머릿속에 물음표가 살포시 떠오른다. 아니 걷는 일조차 혼자 하는 것이 어색하다면 도대체 이 세상의 어떤 일을 혼자 할 수 있어. 목적지가 있을 때만 걸어야 한다면 그 삶은 얼마나 피곤한 삶이 되겠어. 혼자서 아무 이유 없이 걷는 것을 처량하다고 느끼는 이의 삶에는 호젓한 혼자만의 산책길은 영영 허락되지 않겠지. 혼자 공원을 산책하다 문득 책을 꺼내고 채 읽지 못했던 책장을 열어 생각에 잠기는 일은 너에게 절대 일어나지 않겠구나.

나보다 더 많은 친구를 사귀고 더 많이 웃을 일이 생길지는 모르겠지만, 나는 문득 묻고 싶어졌다. 너에게, 너 자신으로 존재하는 시간은 얼마나 된다고 생각해?

세 가지 삶

대학원에서 심리학 공부를 시작하게 되면, 가장 먼저 역사적으로 어떤 심리학자들이 있었고 또 그들의 학설과 치료법은 어떤 것이었는지에 관해 배우게 된다. 프로이트와 융, 아들러로부터 이어지는 다양한 학자들이 인간의 마음을 어떤 식으로 들여다보았는지 탐구하는 과정을 배우다 보면, 학자마다 인간을 바라보는 관점이 이토록 다를 수 있을까 감탄하고 또 끄덕거리며 공부하게 된다.

많은 학자 중에 내 마음을 강하게 끌었던 사람은 긍정심리학자인 마틴 셀리그만이다. 그는 다양한 시대와 문화 속에서 소중하게 여겨졌던 인간의 긍정적 특성에 주목했다. 사람의 부정적인 면에 주목해 그것을 고쳐가는 방식이 아닌, 좋은 특성을 스스로 깨닫고 그것을 확장시키는 것이 인간에게 더 유익하다고 본 것 같다. 사랑, 용감함, 진실함, 용서, 겸손, 낙관성과 같은 총 24개의 덕목 중 누구나 두 가지에서 다섯 가지 정도의 강점을 대표적으로 사용한다는 것이다. 문제점에 주목하는 것이 아니라 자신의 좋은 점에 주목하는 것, 그는 그렇기에 일상에서도 감사하는 능력에 초점을 맞추어 살아야 한다고 주장하기도 했다.

그런 마틴 셀리그만이 한 이야기 중에서 나에게 큰 영향을 끼친 것은 바로 '삶의 세 가지 길'이다. 그는 삶을 추구하는 방식에는 세 가지 길이 있다고 했다. 바로 '즐거운 삶', '몰입하는 삶', '의미 있는 삶'. 즐거운 삶은 많은 사람이 소위 '남부럽지 않게 산다'고 말하는 모습에 가깝다. 비싼 것을 살 수 있고, 좋은 곳에서 좋은 것을 먹고, 신나는 무언가를 즐길 수 있는 삶. 말하자면 '인스타그램' 같은 곳에 전시하면 남들이 딱 부러워할 그런 삶이다. 많은 이가 이렇게 남들이 부러워할 만한 삶을 살게 되는 것을 인생의 목표로 세우고 때때로 그 목표를 이루기도 한다. 그러나 여기에는 한 가지 함정이 있다. 좋은 것을 즐기고, 부를 쌓고, 여유롭고 호화로운 무언가를 하고 싶은 인간의 욕망은 점점 더 좋은 것을 원하는 일종의 '업그레이드'를 바라는 쪽으로 향하지만, 정작 더 좋은 것을 즐겼을 때 우리가 느끼게 되는 만족감은 점점 줄어드는 쪽으로 향하기 때문이다. 첫 번째 케이크를 먹었을 때 느끼던 만족감은 두 번째 케이크를 먹었을 때 확연히 줄어들게 마련이다. 우리가 수학 시간에 배웠던 한계효용체감의 법칙이, 즐거운 삶을 추구하는 동안 여지없이 작용한다.

두 번째의 '몰입하는 삶'도 우리가 주로 추구하는 삶의 방식 중 하나다. 공부하는 학생도, 일하는 직장인이나 사업가도, 저마다의 '과제'가 있고 해내고 싶은 일들이 존재하기에, 우리는 때때로 시간이 어떻게 갔는지도 모를 정도로 주어진 일에 몰입하고 그 안에서 크고 작은 성장과 좌절을 경험한다. 자신의 존재를 잠시 잊어버릴 정도로, 시간이 어떻게 갔는지도 모를 정도로 몰입하는 경험은 그 자체로 소중하고 값진 시간이 된다. 몰입하는 삶이 지속 되면, 결과적으로 자신의 일에서 성공 가도를 달릴 가능성도 높아지기에 '즐거운 삶'이 따라 오기도 한다. 하지만 여기서 한 가지 생각할 것이 있다. 많은 사람들이 몰입을 경험하고, 즐거운 삶도 사는 것 같지만 그렇다고 해서 자신의 인생에 만족감과 충만감을 느끼게 되는 것 같지는 않다는 것이다. 정말 열심히 일했고, 남부럽지 않은 삶을 살긴 했지만, 삶의 허무함을 견딜 수 없는 사람을 우리는 이미 많이 알고 있지 않은가. 열심히 일하고, 열심히 즐기는 것만으로는 인생을 진정 '잘 살았다'고 말하기 어렵다는 것을 어쩌면 우리는 은연중에 짐작하고 있는 지도 모른다. '그래, 이것으로 충분하지 않아.'

내가 완벽히 매료된 마틴 셀리그만의 이야기는 바로 이 세 번째 방식에 관한 것이다. 그가 말한 세 번째의 삶은 바로 '의미 있는 삶'이다. 즐겁게 사는 것도 중요하고, 몰입의 에너지를 경험하며 자신의 일에서 깊은 성장을 거두는 것도 중요하지만 결국 인생은 자기 삶의 '의미'를 발견하는 방향으로 나아가야 한다는 것이다. 자신의 재능을, 자신의 범위 이상으로 사용해 나뿐만 아니라 타인에게도 좋은 영향을 끼칠 수 있다면 어떨까. 삶의 의미란 그저 잘 먹고 즐겁게 놀며, 열심히 일하는 시간 자체에 있지 않다는 것이라

고 그는 말한다. 재능을 바탕으로 타인의 삶에 좋은 영향을 끼치는 삶으로 향할 때, 비로소 인생의 목적성이 뚜렷해지고 또한 그 결이 풍부해질 수 있다는 것이다. 나 역시 어떻게 성공하고, 어떻게 해서 잘 먹고 잘 살 수 있을까의 고민은 많이 했던 것 같다. 하지만 내 인생을 살아가는 의미에 관해서는 얼마나 깊게 고민했던가. 남들과 다르게 살고 싶다 말하면서도 남들처럼은 살아야 한다는 생각이 늘 모든 것의 우위에 있지는 않았나.

삶의 좋은 것들을 누리며 즐겁게 살고 싶다. 또한 내가 선택하고 추진하는 일 안에서 한없이 몰입하는 기쁨 역시 누리고 싶다. 하지만 그 모든 일의 중심에는 내 삶이 타인에게 소중하고 귀한 의미가 되고 있는지 돌아보는 과정이 꼭 있어야겠지. 한 번뿐인 소중한 삶이 더욱 아름답게 빛나도록, 마지막 순간에 한탄과 아쉬움이 아니라 충만함과 기쁨이 자리할 수 있도록. 아니지, 그렇게 의미 있는 삶을 살았어도 마지막엔 조금 많이 아쉽고 슬프려나?

혼자 가는 여행

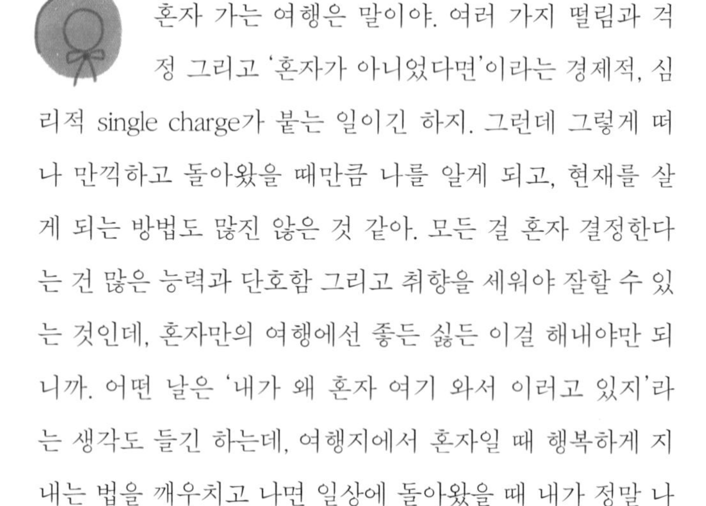

혼자 가는 여행은 말이야. 여러 가지 떨림과 걱정 그리고 '혼자가 아니었다면'이라는 경제적, 심리적 single charge가 붙는 일이긴 하지. 그런데 그렇게 떠나 만끽하고 돌아왔을 때만큼 나를 알게 되고, 현재를 살게 되는 방법도 많진 않은 것 같아. 모든 걸 혼자 결정한다는 건 많은 능력과 단호함 그리고 취향을 세워야 잘할 수 있는 것인데, 혼자만의 여행에선 좋든 싫든 이걸 해내야만 되니까. 어떤 날은 '내가 왜 혼자 여기 와서 이러고 있지'라는 생각도 들긴 하는데, 여행지에서 혼자일 때 행복하게 지내는 법을 깨우치고 나면 일상에 돌아왔을 때 내가 정말 나에게 친절해지더라고. 그게 바로 자존감이고 자기 자신과 연결되는 좋은 방법이더라고.

나한테 혼자 떠나는 여행은 그래서 일종의 리추얼 같은 거야. 나의 노선을 잘 정하고 뚜벅뚜벅 내 길을 걸어가겠다는 다짐의 의식 같은 거. 편안하고 좋은 누군가가 동참하면 기꺼이 손을 내밀겠지만, 그렇지 않더라도 내가 가는 길을 스스로 응원하겠다는 생각을 현실에서 체험하는 거. 불편한 사람과 함께 떠나는 여행을 해본 사람은 알 거야. 타인과 잘 지내는 것보다 중요한 게 일단 나와 친해지는 일이라는 걸. 그래야 나와 맞는 좋은 사람을 고르는 눈이 생긴다는 걸.

발리에 명상 여행을 가기로 결심한 아침, 내가 했던 숱한 혼자만의 여행을 떠올려 봐. 그곳에서 혼자였던 나는, 그렇게 조금씩 강해졌던 거 같거든. 언제든 내가 원하는 걸 만들어 내는 추진력도 거기서 생겨난 것 같고.

이번 여행에서도 나는 내가 좋아하는 땅에 가서 많은 것을 해볼 거야. 내가 내 인생에서 그렇게 하는 것처럼.

그럼 다녀올게.

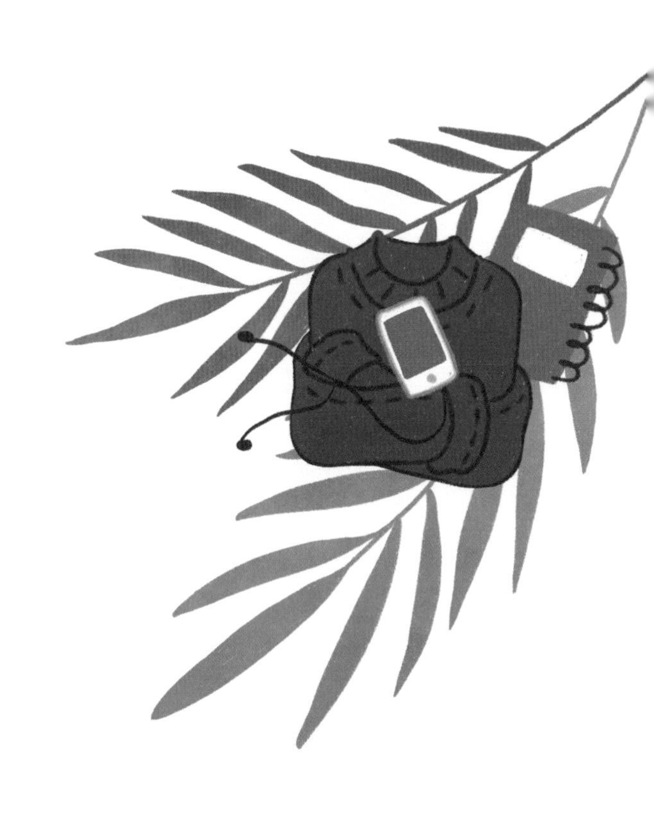

찌그러진 텀블러

그냥 집에만 있기엔 그 햇살이며 미세먼지 농도가 꽤나 아까운 한겨울의 오후였다. 맑은 오후의 햇살을 따라 걸으며 하루를 보내고 싶다는 생각을 하자 더 이상 집에 있을 수 없었다. 내일은 갑작스레 눈이 올지도 모르잖아. 내일은 미세먼지 농도가 나쁨일 지도 모르잖아. 오늘은 오늘의 산책을 하는 거야. 다시 오지 않을 오늘 오후를 만끽하는 거야.

퍽.

그리고 그 일은 순식간에 일어났다. 산 지 얼마 되지 않아 애지중지하며 아껴 쓰던 나의 새 텀블러. 하얀색의 깔끔한 디자인에 가격까지 좀 했던 텀블러. 텀블러를 갖고 나가서 몸을 녹이겠다고 생각했던 것이 화근이라면 화근이었다. 두꺼운 장갑을 낀 탓에 손이 둔탁해졌고 집을 나서자마자 엘리베이터 앞에서 텀블러를 놓쳐버리고 말았다.

설마 깨진 건가…… 걱정스런 마음으로 텀블러를 들어 올렸더니 아뿔싸! 바닥 쪽 모서리가 눈에 띄게 찌그러져 버렸다. 하필이면 모서리가 찌그러져 버려서, 가끔 테이블에 놓을 때 신경이 쓰일지도 모르겠다는 생각이 들어 잠시 우울해졌다. 산책을 가려고 하지 않았다면, 텀블러를 갖고 나가지 않았다면, 장갑을 끼지 않았다면……. 그럼 이건 이렇게 찌그러지지 않았을 텐데. 누군가와 약속이 있던 것도 아니었고, 산책 한 번쯤 미뤄도 그저 그대로 잊힐 평범한 날이었을지 모른다. 아무것도 하지 않았다면, 조금은 무기력하게 '오늘은 그냥 집에 있을래, 귀찮아'라고 생각했다면 애지중지하던 텀블러는 원래 모습 그대로 예쁜 모양을 유지했을지 모른다.

그렇게 며칠이 지나 제대로 찌그러져 버린 텀블러가 신경 쓰이려고 할 때마다 난 그 날의 내 선택을 떠올린다. 소중한 햇살을 만끽하기 위해 홀로 길을 나섰던 내 선택을, 텀블러와 장갑을 챙겨서 혼자만의 산책을 조금 더 따뜻하게 챙겼던 내 선택을. 원래의 모양은 아니지만 나는 구별할 수 있다. 그 찌그러진 부분이 내 고유한 선택의 결과이기 때문이다. 내게 주어진 하루를 어떻게든 가장 좋게 보내 보려던 내 의지의 흔적이기 때문이다. 스스로에게 좋은 선택을 했지만, 결과적으로 어떤 부분은 의도치 않게 상처받을 수도 있음을 깨닫게 해주는 비유 그 자체이기 때문이다.

그 누구의 텀블러와도 같지 않은, 찌그러진 내 텀블러를 그래서 좋아한다. 이 세상에 이것과 똑같이 찌그러진 텀블러는 없으니까. 그 누구의 삶과도 같지 않은, 상처투성이의 내 삶을 좋아한다. 이 세상에 나와 똑같은 상처를 가지고, 또 그걸 똑같이 치료한 영혼도 없으니.

감사 일기

아무리 마음이 별로였던 날도, 좋았던 것 혹은 그나마 다행이었던 것을 세 가지만이라도 써보려고 하면 그 세 가지를 찾는 일은 불가능한 일이 아니라고 하더군. 그리고 그렇게 감사할 일을 생각하는 습관이 쌓이고 정착되면, 우리의 초점 자체가 긍정적인 것으로 바뀌어 가고 또 우리에게 다가오는 삶을 자연스럽고 담담하게 수용할 수 있게 하는 밑거름이 된다고도 하더군.

오늘은 몸도 마음도 지치는 날이었다. 잘하고 싶었던 어떤 일은 생각만큼 잘 되지 않았고, 괜한 일을 저지른 건 아닌가 싶어 불편한 마음이 드는 날이기도 했다. 그리고 그런 부정적인 생각과 감정 끝에는 여지없이, 미래에 대한 불안이 친구처럼 따라오곤 하는 것이다. 현실을 걱정할 때, 미래에 대한 염려는 거의 자동반사적으로 함께하는 경향이 있다.

하지만 그렇다고 해서 감사할 만한 일이 한 가지도 없었는가 하면 그건 아니었다. 좋은 친구들과 좋은 시간을 보내기도 했고, 집안의 난방 장치는 고장이 나 버렸지만 그래도 온수는 문제없이 쓸 수 있으니 그것도 감사한 일이고, 해 질 녘 잠시 기분 좋은 산책을 할 수 있었다는 것에 감사해. 가끔은 사무치게 혼자인 것 같아 말 할 수 없을 정도의 외로움이 불쑥 찾아오기도 하지만, 사실은 그게 삶의 기본 값이라는 걸 모르는 인생이 아니라서 그것 또한 감사해. 염려를 내려놓기 원한다면, 내 삶에 좀 더 기쁨이 찾아들기 원한다면 억지로 그 부정적인 생각을 내려놓기 위해 애를 쓰기보다는 현재에 좀 더 집중하는 그 작은 노력 하나로 충분하다는 것을 아는 삶이어서 가장 감사해.

\
찬란한 10년

인생에서 가장 힘들었던 시기가 언제였느냐고 누군가 내게 묻는다면, 나는 언제라고 답해야 할까. 아마 10년 전의 나를 자연스럽게 떠올리지 않을까. 서른, 멀쩡하게 직장생활을 잘하고 있던 나는 인생의 중요한 문제를 섣불리 결정해 버릴 만큼 불안정하고 어리석은 영혼이었다. 상대방에 대한 그 어떤 확신도 없었는데, 불안감과 알 수 없는 압박감에 경도되어 만난 지 몇 주 만에 성급한 결혼을 결정해 버린 결과는 그 자체로 비극이고 고통이었다. 수백 명의 하객 앞에서 화사한 미소로 했던 맹세를 1년도 채 지나지 않아 깨고, 모든 것을 원래대로 되돌리는 일이 수월했을 리 없다.

그리고 2019년 3월은 그렇게 내가 나의 어리석은 선택을 되돌린 지 10년이 되는 때다. 누군가는 뭐 그게 자랑이라고 기념일을 세고 있냐고 하겠지. 아무리 세 커플 중 한 커플이 이혼을 하는 시대라 해도, 이혼에 대한 터부 자체가 사라지기

란 힘든 시대인 것이다. 누군가는 나를 '가정을 깬 여자'라고 말하고, 또 '이혼한 주제에'라고 서슴없이 표현한다. 아무리 고통스러웠던 결정이었다고 해도 이혼은 여전히 나를 잘 알지도 못하는 사람이 가장 쉽게 나를 재단할 수 있는 소재다.

하지만 10년이 지나 내가 내 인생에 관해 자신 있게 말할 수 있는 한 가지 진실이 있다면 바로 이것이다. 내가 거부한 것은 가족이라는 가치가 아니라 낡은 가부장제라는 시스템 자체였다는 것. 한국사회에서 여자가 하는 결혼은 그 시스템으로부터 자유롭기가 매우 어렵다는 것.

어떤 좋은 사람과 결혼을 해도, 우리가 결국 부딪히고 좌절하는 것은 시스템의 문제라는 것을 우리는 보통 결혼을 하고 나서 뒤늦게 깨닫곤 한다. 그리고 그때, 그 누구의 무엇도 아닌, 온전히 나로 존재하기 위해 내게 남겨진 선택지는 그 시스템이 주는 달콤함과 안정을 포기하고 혼자가 되는 것뿐이었다. 1년 만에 혼자가 되는 일은 자못 처절하고 고되었지만, 나는 그 결정을 한 번도 부끄럽게 생각하거나 후회한 적이 없다. 그 용감한 결정이야말로 한 인간으로서 내가 온전히 존재할 수 있겠다는 확신을 주었기 때문에. 나는 비로소 깨달은 것이다. 내가 어떤 인생을 살아야 하는 사람인지를. 세상이 주입한 불안과 가짜 욕망을 뜯어내고 내가 나로 존재하기 위해서, 이혼은 필연적인 선택이었다. 내가 이 일을 긍정하는데 감히 누가 내 인생을 부정할 수 있을까?

그리고 그 필연적인 선택이 있었던 2009년, 그로부터 10년이란 시간이 지나는 동안 나는 한 명의 인간으로서, 정서적 그리고 사회적으로 눈부신 성장을 이루었다. 찬란하다고 표현

해도 나는 그것에 이견이 없다. 멋진 남자의 선택을 기다리던 불안정한 영혼의 나는 사라지고, 자신의 인생을 완벽하게 책임지며 살아가는 온전한 내가 여기에 있다.

솔직히 가끔은 누군가의 아름다운 결혼사진을 보고 부러워하기도 하고, 혼자 잠드는 침대 한편이 쓸쓸할 때도 있다. 하지만 그것이 대수롭진 않다. 가끔 부러운 것과, 내가 원하고 바라는 삶은 다르다는 것을 잘 알기 때문이다. 언젠가 평생을 함께하고 싶은 사람이 나타날지도 모를 일이다. 다만 그 좋은 사람과 함께 하기로 하든 그렇지 않든 하나는 확신할 수 있다. 혼자서든 둘이서든 나는 행복하고 충만하게, 온전한 내 삶을 살 것이라는 것. 찬란했던 지난 10년이 나에게 가르쳐준 최고의 교훈이 바로 이것이니까.

6장

혼자여서 괜찮은 삶

\
있는 힘닿는 데까지 살고 싶다

스물네 살에서 서른일곱 살이 될 때까지, 나는 매달 마감을 해야 하는 월간지의 기자로 살았다. 한 달에 2주일은 각종 취재와 인터뷰를 하느라 퇴근이 들쭉날쭉 하고, 한 달에 열흘은 마치 목숨 건 사람처럼 마감을 했다. 눈이 퀭해진 채로 야근과 철야를 밥 먹듯 하던 나에게 부모님은 꼭 "돈도 얼마 안 주는데, 일은 왜 그렇게 많이 시키니?"라고 한 마디 하셨다. 대부분의 사람들이 고작 그림만 흘깃 보고 넘기는 잡지일지 모르지만, 우린 문자 그대로 목숨을 걸고 만들었더랬다. 열 장짜리 기사를 위해 백 통이 넘는 전화를 걸고, 마음에 들지 않는 문장을 고치고 또 고치고, 새벽 세시 남영동 출력소 바닥에서 쪽잠을 자며 인쇄 감리를 보던 우린 그렇게 스스로에게 부끄럽지 않은 결과물을 만드는 사람들이었다.

대학을 졸업하고 할 줄 아는 게 아무것도 없는 상태에서 기자가 되었던 나는 기자로 13년을 살면서, 재미와 의미 그리고 어마어마한 성장을 맛보았다. 돈 주고도 하지 못할 숱한 경험을 돈을 받으며 했으니 특권을 부여 받은 인생이라 해도 과언은 아니며, 그 특권의 대가로 얻은, 훈장 같은 허리 디스크와 목 디스크에 조금의 원망도 하지 않으리라.

하지만 나는 이제 억대 연봉을 준다고 해도 잡지사로는 돌아가지 못할 것 같다. 서른일곱 때만 해도 나쁘지 않았던 체력은 정확히 마흔을 넘으면서 그야말로 '내리꽂혔다.' 슬프지만 부정할 수 없다. 회사 다닐 때는 하루 종일 숨 막히는 미팅과 취재가 이어지고 나서도 저녁엔 애인을 만나 데이트했는데, 이젠 초저녁에 나도 모르게 힘이 빠져 잠들었다 자정에 일어난 적이 한두 번이 아니다. 그런 식으로 당장 오늘 저녁 컨디션조차 확실하지 않으니, 이번 주말에 뭔가 하자는 약속을 잡는 것은 부담이 되어 돌아온다. 잘 모르겠다. 남자를 너무 좋아했던 나였는데, 이젠 연애조차 버거운 것이 되었다. 에너지의 총량이 줄어들어 저녁에 쓸 체력이 없는 것인지, 산전수전 다 겪고 나니 이제 남자에 뭔가 기대할 마음이 없는 것인지는 모르겠지만. (그리고 이것을 진지하게 고민할 에너지마저 없다)

어쨌든 그렇게 눈에 띄게 줄어든 체력을 위해, 진심으로 운동에 매진하고 있다. 처음 웨이트를 시작한 이후 아주 오랫동안, 남들에게 꿀리지 않는 몸을 만들고 싶은 마음이 굴뚝같았다. 잘록한 허리, 매끈한 등, 탄탄한 힙과 허벅지를 갖추고 뽐내고 싶은 마음이 왜 없었을까. 외모지상주의가 지배하는 한국사회에서 자본주의의 최전선이라는 월간지의 기자로 살면서 그런 욕심이 생기지 않았다면 그게 더 아이러니한 일이다.

그러나 헬스장에서 하는 동작은 옛날과 큰 차이가 없을지라도, 현재의 나에게 운동이 가지는 의미는 완전히 뒤집어졌다.

지금 나는 '보여지는 나'가 아니라 '살아갈 나'를 위해서 운동한다. 언젠가 이루고 싶은 수많은 꿈들, 내가 사람들에게 미치고 싶은 영향력, 세상에 남기고 싶은 것도 결국은 모두 내 몸이 잘 버텨 주어야 현실이 될 수 있을 테니까. 하고 싶은 일이 너무나 많고, 그걸 다 하려면 어쨌든 몸을 지켜야 할 테니까. 몸에 좋은 것을 꼬박꼬박 챙겨 먹고, 나쁜 습관을 모두 정리하고, 하고 싶은 일을 다 해낸 후에 죽고 싶어서 나는 오늘도 헬스장에 가서 케틀벨과 씨름한다.

그래, 이제야 내 인생이 너무 귀하다. 나는 이제야 내 몸이 진심으로 귀하다. 그리고 흔한 '자기 관리'라는 단어로는 이 태도를 담을 수 없다고 느낀다. 나의 몸에 진정한 주인이 된다는 자각은 자신의 인생에 관한 태도의 변환이며 삶의 핵

심에 좀 더 집중하게 하는 깨달음과 같기 때문이다. 마흔 두 살, 나는 더 정교한 존재가 된 것 같다. 배터리 성능은 예전 같지 않지만 처리 속도는 더없이 빠르고 정확한 시스템에 비유하면 될까. 언젠가 '툭' 하고 남은 젊음, 그 조차도 꺾이는 날이 올 때 아쉬움이나 비탄 없이 받아들일 수 있을 만큼 내 몸의 에너지를 최대한 잘 쓰면서 살아 봐야지.

"난 말이야, 길고 굵게 살다 갈 거야."

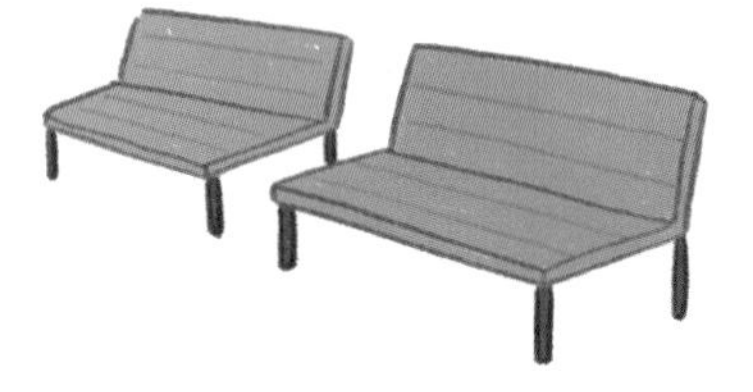

언마인드풀 이팅

갓 나온 식빵을 진열해둔, 고급스런 빵집 앞에 서성이다가 기억이 하나 떠올라 멈칫한다. 내가 아주 어렸을 때, 아침에 일 나간 아빠와 엄마가 해가 지고 나서 한참 뒤에 돌아오실 때까지 혼자 남겨져 있던 기억. 기억의 절반쯤에는 할머니가 등장하기도 하지만, 한창 호기심 많고 놀고 싶어 하던 어린 여자애에게 할머니는 그리 좋은 대화 상대가 되지 않았던 것 같다. 하루 종일 켜두는 라디오 소리만이, 길고 지난한 적막을 달래 주는 유일한 표식 같던 날들.

그때 나의 벗은 다름 아닌 기다란 식빵 한 줄이었다. 지금은 식빵 한 줄의 길이가 많이 짧아졌지만, 그때는 식빵 한 줄이 아마 족히 30센티는 되었던 것 같다. 아침에 엄마, 아빠가 출근해 나가시고 나면 식빵 한 조각, 잠깐 인형놀이를 하다가 심심하면 또 한 조각, 할머니랑 밥을 먹고 나서 입이 심심하면 또 한 조각……. 〈강석, 김혜영의 싱글벙글쇼〉를 들으면서 두 조각……. 타고난 먹성이 좋았던 탓일까, 적막감을 달랠 길이 없어서였을까. 식빵을 먹다 지쳐 입에 문 채 잠이 들기도 하고, 먹다먹다 너무 지겨우면 식빵을 조각내 뭉쳐 마치 찰흙놀이를 하듯 이런 저런 동물 모양을 만들던 기억도 난다. 아침에는 제법 길었던 식빵 한 줄이, 눈에 띄게 확 줄어들어 갈 때쯤 부모님은 지친 기색이 역력해 돌아오셨다. 열 살 언저리 어린이였던 나에게 식빵이란, 그 하얗고 보드랍던 감촉은 혼자 남겨지는 시간을 버티게 해주는 마법 같은 양식이었다.

탄수화물이나 당분은 기분을 즉각적으로 올려주지만, 인슐린의 급격한 상승과 저하를 불러 일으켜 결국 다시 기분이 다운된다는 과학적 사실을 알게 된 것은 그로부터 아주 긴 시간이 지난 이후의 일이다. 혼자 남겨진 것 같은 기분이 들 때, 아무도 내 마음을 몰라주는 것 같을 때, 혹은 그냥 마음이 이유 없이 허전할 때, 내 손에는 늘 뭔가가 들려 있었고 그건 대부분 어릴 때 먹었던 식빵과 비슷한 어떤 것들이었다. 하얗고 보드라운 밀가루로 만든 과자, 빵, 라면 같은 것들. 내가 왜 이런 음식을 원하는지에 관해 생각해볼 겨를도 없이 나는 외로움이라는 감정이 일렁일 때마다 음식으로 도피하고 또 도피했다. 한 줄짜리 식빵을 다 먹으면 그날의 외로움이 끝나던 그때처럼, 하얗고 보드랍고 달콤한 음식을 먹다 보면 눈앞의 고민으로부터 조금은 멀어지는 기분이 들었던 것이겠지. 한 입, 베어 물 때마다 입안의 그 포근한 촉감이 기분 좋게 퍼지는 느낌을 선명히 기억하는 아이가 내 안에 있던 것이겠지. 이후 나이를 먹으며 숱한 감정들이 내 인생에 다녀간 결과, 나는 끊임없는 식탐과 탄수화물 중독을 겪어야만 했다. 먹어도, 먹어도 채워지지 않던 허기가, 더 이상 외로움 따위가 두렵지 않게 된 지금에 와서 사실은 감정적인 허기라는 것을 알게 된 게 사실 조금 많이 애석하긴 하지만.

오늘, 나는 별안간 빵이 먹고 싶은 감정이 들었던가?

아주 잠시 그랬던 것 같기도 하다.

뭐, 아닌 것 같기도 하고.

마인드풀 이팅

"허벅지가 좀 굵은 것 같은데, 빼보지 그래."
나를 사랑하고 아낀다던 그 남자가 내게 이 말을 했다. 시간이 정지된 느낌까지는 아니었다. 내 허벅지가 두꺼운 것은 나도 늘 불만이었기에, 그건 내가 나에게 자주 했던 말이기도 했으니까. 그러나 늘 귓가에서만 맴돌던 어떤 말이 타인의 입에서 나오는 순간의 생경함은 여전히 기억에 남아있다.

서른두 살, 생애 첫 다이어트는 그런 식으로 시작되었던 것 같다. 나를 사랑하는 남자가 원한다는데, 그깟 허벅지 살 좀 못 빼겠어? 의기양양하게 2주간 단식을 시작했고, 정확히 하루에 500g씩 빠져, 2주후 7kg이나 덜어낸 모습으로 그의 앞에 스키니 바지를 입고 나타났다. 그리고 그날 저녁, 단식 후 처음으로 먹은 루꼴라 샐러드 한 접시 때문에 난생처음 장염에 걸렸고, 창자가 꼬이는 고통과 함께 한밤 중 응급실에 실려 갔다. 작아진 줄 알았던 위는 전혀 그렇지 않았고, 줄어든 줄 알았던 식욕도 여전히 그대로였다. 2주간 고통 속에 덜어낸 7kg은 한 달 후 고스란히 내 몸으로 귀환했다.

10년을, 그런 식으로 내 몸과 전투했다. 원 사이즈밖에 나오지 않는 하늘하늘한 여성복에 억지로 몸을 넣어보다가, 길을 걸어가는 가녀린 여자들을 바라보다가, 경쟁하듯 몸매를 드러낸 여자들 사이에서 요가를 하다가, 혹은 여름 초입에 '이제 얇은 옷 입으셔야죠!'라고 다그치는 홈쇼핑 쇼호스트의 멘트에 정신이 번쩍 들어 시작하는 그런 다이어트. 지금 상태는 좀 문제가 있으니 얼른 다르게 바꿔야 한다는 중압감. 그것이 나를 움직이는 동력이었다. 나에게 있어 다이어트란 돼지 같은 나를 부정하고 채근해야 시작할 수 있는 행위 그 이상도 이하도 아니었다. 다이어트의 방법을 바꿔 시도해도, 헬스부터 요가까지 모든 운동을 섭렵해도 몸

무게는 어김없이 원래 있던 곳으로 돌아왔다. 살을 빼야 한다는 생각이 스트레스를 가중시켰고, 이 스트레스가 고스란히 폭식과 인스턴트 섭취 행위로 돌아간 것이다. 몸에 관해 강박적으로 생각하면 할수록, 몸은 점점 나를 배신했고, 그렇게 나는 내 몸을 싫어하게 됐다. 내 몸을 싫어한 채로, 내 인생을 온전히 사랑할 수 있었을까? 나를 사랑하는 방법에 대해 오랫동안 글을 써왔지만 정작 나는 한 번도 내 몸을 긍정한 적이 없었는지도 몰랐다.

이 지난한 전투와 감정의 소모를 끝낸 것은 아주 최근의 일이다. 마인드풀 이팅(mindful eating), 그러니까 명상적인 식습관을 시작하고 나서 나의 몸을 대하는 태도가 바뀌었고, 음식에 대한 마음가짐이 변했다. 마인드풀 이팅의 원칙은 그리 복잡하지 않다. 마인드풀, 즉 마음챙김의 자세를 먹는 일에도 적용하는 것이 전부다. 마음챙김의 기본은 현재의 감정을 잘 알아차리고, 스스로에게 다정하고 친절한 태도를 취해 자신을 함부로 판단평가하지 않는 것이니 이를 먹는 행위에, 또 자신의 몸에 적용하면 된다.

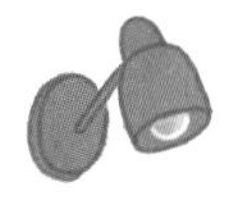

밤에 갑자기 배가 고파지면, 우리는 마치 뭐에 홀린 듯 배달 전단지를 찾고 전화를 걸고 결국 '다 먹어버린다' 정신이 드는 건 이미 위장에 음식물을 넣어버린 뒤고, 그때 되어서야 깨닫고 후회하는 것이다. '이렇게까지 많이 먹을 일은 아니었는데…'라고. 이건 마치 우리에게 부정적인 감정이 찾아올 때 나타나는 모습과 아주 비슷하다. 배고픔을 참을 수 없어 거의 자동적으로 전화기를 들고 야식을 주문하는 것, 짜증이나 불안, 외로움 등 부정적인 감정을 견딜 수 없어 하지 말아야 할 행동을 해버리는 것은 본질적으로 같은 패턴의 행동일 뿐이기 때문이다.

감정에 휩싸이지도 않고, 감정을 무시하지도 않은 채 자신의 현재 상황을 다정하고 고요하게 바라보는 '마음챙김'을 먹는 습관에 적용하면 이런 변화가 생긴다. 일단 식욕이 생겨났을 때 그것에 휩싸여 아무 거나 먹는 게 아니라 '무엇을 먹어야 나에게 가장 이로울까?'를 한 번 더 생각한다. 음식을 고를 때에도 특정한 '메뉴'로 고르는 것이 아니라 나에게 필요하고 또 좋은 영양성분이 들어있는지 차분히 돌아보며 '알아차리는' 과정이 발생한다. 식욕이 폭발하는 '자동반사적 행동'에 마음챙김이 긍정적 브레이크를 걸어주는 것이다.

어렸을 때부터 식탐이 많고, 탄수화물 중독 증상을 겪었던 나에게 음식은 언제나 강렬한 '욕망'의 대상이었다. 하지만 마음챙김의 태도를 식사에 적용하는 순간, 그렇게 조절되지 않던 식욕이 말끔하게 조절되었고, 더 이상 가짜 식욕에 휘둘리지 않게 되었다. 음식을 욕망의 대상이 아니라 내 몸에 들어와 나의 일부를 구성하는, 감사한 것으로 바라볼 수 있게 되면 허겁지겁 아무 거나 위장에 쑤셔 넣는 일을 할 수 없게 된다. 자신의 몸을 부정하거나 비난하지 않기에, 인스턴트 음식이나 폭식에 대한 갈망도 크지 않다. 예전엔 찬장에 라면이 없으면 불안했는데, 이제는 냉장고에 생채소가 없으면 슬슬 불안해진다. 탄수화물 중독자로 살아온 나에게, 이보다 바람직한 변화가 또 있을까. 무슨 짓을 해도 빠지지 않던 5kg이 마인드풀 이팅을 하고 나서 두 달 만에 훌렁 빠져 버렸다. 40대에 이런 빠른 감량이란 아는 사람은 알겠지만 정말 대단한 속도다!

남들처럼 무작정 날씬한 여자가 되고 싶어서, 다이어트는 여자의 평생 숙제라며 스스로를 대상화시키는 어리석은 말에 휘둘려서, 나를 손가락질하며 시작했던 숱한 식이조절과 다이어트를 생각한다. 스스로를 위한다고 하면서 정작 자신을 소외시키는 그런 삶을 살았음을 깨닫는다. 나의 몸을 신전처럼 정성스레 돌보는 요즘, 나는 비로소 내 몸의 주인이 된다는 것이 무엇인지 알게 된 것 같다.

나의 몸이여, 40년 동안 참 고생이 많았네. 이제는 행복할 일만 남았네.

내가 존재하는 방식

"혹시 〈정글의 법칙〉 나가시는 거예요?"
탈의실 한편에서 방금 전 나와 눈인사를 나눴던 여자가 호기심 가득한 눈빛으로 내게 물었다. 방송 프로그램에서 봤던 사람이, 갑자기 프리다이빙을 배우러 혼자 온 모습을 보니 '분명 뭔가 목적이 있겠지' 생각하는 것도 이상한 일은 아니긴 하지만…… 그럴 리가 없잖은가? 〈정글의 법칙〉같은 프로그램에서 나를 부를 리가 말이다.

방송 프로그램이나 업무적인 이유와는 무관하게, 프리다이빙이라는 취미를 시작하기로 한 건 아주 단순한 이유에서였다. 물속에 있는 게 너무 좋다는 그 단순한 이유. 불과 3년 전까지만 해도 물에 뜨지 못하던 맥주병이었는데, 지금은 물 없이 죽고 못 사는 이유를 거슬러 올라가 찾아보면, 좀 우습게도 3년 전 했던 서글픈 이별 때문이다. 연인이었던 사람과 갑작스럽게 이별을 하고 나서, 바로 다음 날 눈이 팅팅 불은 채로 아침 수영 강습을 받으러 갔던 것이다. 헤어지기 직전, 소원해질 대로 소원해진 덕에 나는 연인이 있는데도 솔로 같은 주말을 보내야만 했고, 그래서 의도치 않게 다양한 취미생활을 시도하기 시작했었는데 그 중 하나가 수영이었다. 그가 내 집 문을 부서져라 세게 닫고 나가 버린 그 다음 날이 하필이면 첫 수업이었다는 게, 1:1 개인지도라서 무단으로 빠질 수도 없는 수업이었다는 게 너무 슬펐지만. 집에 멍하니 혼자 앉아 있다가 해 질 녘이 되면 꺼이꺼이 눈물을 흘리면서도, 다음 날에는 '물속에서는 흐르는 눈물이 보이지 않잖아'라며 악착같이 수영장에 나갔다.

2년 반이나 만났던 사람이 별안간 내 인생에서 죽은 사람이나 마찬가지의 존재가 되어 버렸을 때 상실감과 환멸이 나를 무던히도 괴롭혔지만, 그래도 물에 있을 때만큼은 최소한 거지같은 이별 상황으로부터 한 발짝 떨어져 존재하는 느낌이었고, 나 혼자서도 안전하고 평온하다는 감각이 희미하게 살아났다.

자유형, 배영, 평영, 접영…… 완전하지 않아도 무언가 새로운 것을 내 몸에 익히는 작업은 그 후로도 계속되었다. 1년, 그렇게 물에서 노는 법을 익히는 동안 내 이별의 상실감과 환멸은 소독약 냄새 가득한 수영장 물에 조금씩 씻겨나갔고, 그러다 어느 날 혼자서 떠난 방콕의 어느 호텔 수영장에서 나는 이별에 관한 지긋지긋한 애도 작업이 종료되었음을 깨달았다. 한적한 수영장에서 혼자 두 시간 동안 수영을 하고 나와 뜨거운 햇살 아래 태닝하러 가던 그 순간, 내 머릿속에 들어온 문장이 '나는 혼자서도 완전한 존재야'였기 때문에.

수영을 할 줄 몰랐던 나는 혼자만의 수영장이 늘 두렵고 어색했었다. 여행은 혼자 갈 수 있지만, 수영장에선 도저히 혼자 놀 수 없는 사람. 같이 놀러온 사람이 있으면 수영을 좀 못해도 둘이 물속에서 공놀이라도 하며 장난치고 놀 수 있지만, 수영을 못하는 채로 혼자서 멀뚱멀뚱 있을 수는 없으니까. 하지만 수영을 배우고, 물에 혼자 있는 것이 어색하지 않게 됨이 나에게 무언가 새로운 시간을 선물할 것이라고는 생각하지 못했다. 혼자서 두 시간 동안, 그 누구의 존재도 필요치 않은 채로 물속에 존재할 수 있는 존재. 나에게 수영은 물속에서 헤엄치는 기술이 아니라, 물속에서 홀로 존재하는 기쁨을 알려주었다. 테크닉을 배우기 위해 시작했지만, 그 모든 게 '내가 존재하는 방식'의 귀함을 깨닫게 하는 시간이었다. 수면에서 열심히 헤엄치는 것도 좋았지만, 그저 가만히 수영장 바닥에 엎드려 일렁이는 물살을 보는 것이 너무 좋아져서 나는 이제 프리다이빙을 한다. 대단한 장비 없이, 그냥 마스크와 핀만 가지고 물속 깊은 곳으로 숨 참고 들어가는 것이 그

저 즐겁다. 언제든 물 밖으로 나가 가쁜 숨을 몰아쉴 수 있지만, 원하는 만큼 깊이까지 들어가 조용히 주변을 둘러보는 그 순간이 황홀하다. 마치 우주의 한복판에 던져진 것 같은 깊은 물속에서는, 내가 나와 한결 더 밀착되는 느낌이 든다. 이건 마치, 물속에서 하는 명상 같다.

지난주에는 수면 아래 12미터까지 잠수를 했다. 아직 이퀄라이징이 되다 말다 해 조금 애를 먹고 있긴 하지만, 잘하지 못해도 나는 계속해볼 생각이다. 적어도 물속에 있는 그 순간만큼은 내 감각과 내 행복에 온전히 집중하면서. 언젠가 확실히 능숙해지겠지만 잘 못하는 지금 이 순간도 내 인생이니까.

나는 내 인생도 이렇게 살 거니까.

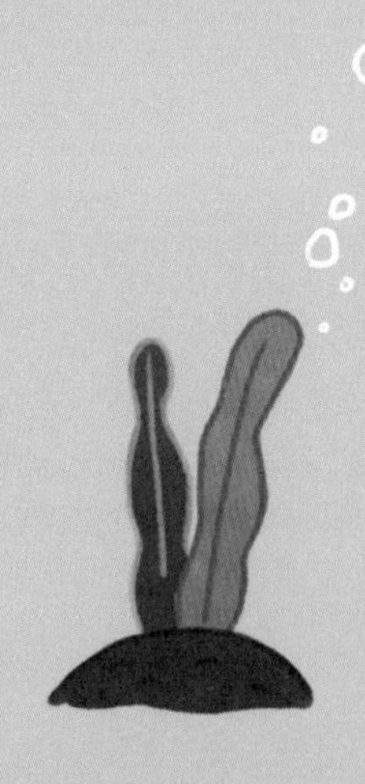

공원 그 후

책이 출간된 것이 3월이었다. 4월부터 6월까지는 진심으로 몰아치듯 살았다. 그리고 6월 23일, 대학원 2학기를 마치고 방학이 시작되던 그날, 나는 마냥 홀가분하게 짐을 싸서 비행기에 올랐다. 목적지는 말할 것도 없이, 나의 사랑 방콕이었지.

이제 수완나폼 공항에서 시내로 향하는 길은 너무 익숙해 구글 맵 같은 걸 켜고 그랩 기사가 제대로 가고 있는지 아닌지 체크할 필요도 없다. 시내에 들어와서 호텔로 향하는 길은 인천공항에서 집에 들어가는 길만큼이나 눈에 다 익어버렸다. 갈 때마다 호텔의 이름은 바뀌지만, 그래봐야 결국은 나의 비밀스런 안식처, 룸피니 공원에서 걸어서 10분 내외의 호텔이니까. 결국은 이 동네가 저번 그 동네인 것이다.

6월 말의 룸피니는 여전히 한껏 싱그러웠다. 곧 다가올 절정의 여름을 기다리며 심호흡하는 것처럼, 고요하고도 청량

한 공기가 가득한 그 속으로 나는 한 걸음, 한 걸음 들어갔다. 누군가에겐 그저 매일 저녁 조깅하는 지극히 생활적 공간이, 또 누군가에겐 비싼 돈 내고 여행 와서 굳이 들를 이유가 없는 예외적 공간이 바로 공원 아닐지. 그저 평범한 이국의 공원은 내가 의미를 부여하고 마음을 포개는 순간 완전히 다른 사유의 대상이 된다. 아무 것도 아니었던 것이 이젠 없어서는 안 될 무엇이 된다. 소중한 의식을 치르듯, 중요한 과업을 처리하듯, 이번 여행에서도 나는 나의 룸피니 나무와 함께 그렇게 몇 시간을 보냈다. 좋아하는 명상 음악을 틀어두고, 세상에서 가장 좋아하는 나무 아래에서 가만히 호흡하며 내 호흡에 집중하던 그 몇 십 분이, 방콕에 머문 일주일 중 가장 선명한 축복의 기억이 되었다. 너무 좋아서, 혼자서 이렇게 쉴 수 있다는 것이 너무도 감사해서 순간적으로 '앞으로 1년쯤 방콕에 오지 못해도 버틸 수 있을 거야'라는 생각까지 했다. (물론 그런 일

은 벌어지지 않을 것이다. 1년씩이나 못 오는 삶이라니 그건 절대 안 돼)

떠나오는 마지막 날엔, 캐리어에 짐을 다 싸고서 작은 배낭에 돗자리와 책 한 권 그리고 물 한 병을 챙겨 다시 룸피니에 들렀다. 그리고 룸피니에서 가장 넓은 잔디밭 한가운데에 돗자리를 깔고, 팔다리를 대 자로 하고 벌러덩 드러누워 버렸다. 혹시 모르니까 귀중품이 들어있는 배낭은 한쪽 다리에 칭칭 동여맨 채로. 구름이 많긴 했지만 바람 한 점 없던 날이라, 온 몸에서 땀이 찔찔 나는 느낌이 들었지만 그것마저 기분이 좋아 쿡쿡 웃음이 났다. 땀을 삐질 삐질 흘리며 누운 채로 책을 읽다가, 나도 모르게 깜박 잠들어 화들짝 놀라며 일어나고, 내 나라에서도 해본 적 없는 '공원에서 혼자 누워 잠들기'를 드디어 실행한 그런 날이었다.

일주일간 나 홀로 여행을 마치고 돌아온 이후부터 나는 예전보다 더 자주 공원을 가는 사람이 되었다. 올림픽 공원, 난지천 공원, 서울숲, 북서울꿈의 숲, 용산가족공원, 잠원한강시민공원……. 날씨가 좋은 날은 1일 2공원을 하기도 하니 확실히 공원중독자가 맞다. 사람이 적은 평일의 공원을 혼자 걸을 수 있다는 게, 공원 앞 편의점에서 연두색 아오리 세척 사과를 하나 사서 벤치에 앉아 그 사과를 먹는 여름을 보낸다는 게 얼마나 좋은 일인지. 인생은 결국 이렇게 좋은 것들을 섬세하게 알아차리고, 그 좋은 것들로 자신을 채우는 순간으로 지탱된다는 것을.

초록초록한 나무와 풀과 꽃이 가득한 올림픽 공원의 한적한 산책로를 거닐다, 문득 지구상에 자라고 있는 모든 나무가 땅 아래에서는 하나의 뿌리로 연결되어 있는 상상을 했다. 여기서 자라는 나무와, 내 사랑 룸피니의 나무들이 사실은 모두 연결된 하나의 개체인 것이다. 그렇게 생각하고 눈을 감으니, 다시 룸피니에 온 것만 같았다. 평온과 고요는 결국 내 마음에서 만들어내야 하는 '좋은 것'임을, 내 삶터에 돌아오고 나서 새삼 깨닫는다.

만약 어떤 독재자가 나타나, 남은 일생 동안 공원에 가지 못하는 삶과 변변한 남자를 만나지 못하는 삶 중에 하나를 택하라고 한다면 우리들의 대답은 몇 대 몇으로 갈릴까? 나는 그냥 남자를 버리는 쪽을 택하련다. 나쁜 남자는 너무 많은데, 나쁜 공원 같은 건 없으니까. 남자는 만나볼 만큼 만나봐서 호기심 같은 거 없어진지 오래지만, 세상엔 내가 가보지 못한 공원이 너무 많아서라도.

인생은 천천히 지나가지 않는다

"저는 자존감이 낮은데요, 어떻게 하면 당당하고 씩씩한 모습으로 살 수 있을까요?"

사람들이 내게 가장 많이 하는 질문 중 하나다. 정말 많은 여성이 자존감이 낮다는 생각으로 괴로워하고, 또 이를 개선하기 위한 방법을 궁리한다. 누군가는 자존감에 대한 책을 읽고, 또 누군가는 이런저런 취미활동을 시작한다. '이렇게 하면 자존감이 높아질 거야'라는 기대감으로 말이다.

하지만 애초에 '자존감'은 어떤 책을 읽지 않아서, 특정한 취미를 가지지 않아서 낮아진 것이 아니다. 그러니 독서나 취미 등의 '활동'을 통해 본질적으로 달라지는 일을 기대하기는 어렵지 않을까? 이는 과로를 했기 때문에 체력이 고갈되었는데, 계속 카페인만 들이 붓고 있는 격과 같다.

마음의 힘이 고갈된 이유를 직시하지 않으면 마음의 본질적인 힘은 자라나지 않는다. 그저 '괜찮지 않은데 괜찮은 척하는 상태'가 지속될 뿐이다. 그렇게 괜찮은 척할수록 우리는 스스로를 더 멀리하게 되고, 스스로를 멀리할수록 느낌은 점점 더 괜찮지 않게 되는 것이다. 자존감이 계속해서 낮아지는 악순환의 고리는 이런 식으로 만들어진다. 그리고 너무 많은 이들이 이런 식의 인생을 산다.

남의 인생에 오지랖부리는 사람들이 너무 많고, 때가 되면 결혼하고 아이 낳는 것이 정상적인 삶이라고 떠드는 사람이 너무 많다. 그리고 혼자여서 괜찮은 여자들의 모습은 여전히 잘 보이지 않는다. 이 나라에서 여자로 자존감 있게 살아가는 일은 높은 난이도를 요한다. 여자의 일적인 성공은 대개 가려지기 마련이고, 그녀가 '가부장제 유지에 어떤 기여를 했는지'를 판단하는, 폭력적 시선이 지배적이기 때문이다. 가부장제의 시선에서 여자의 성공과 업적은 종종 하찮게 취급받는다. 최근 청문회에서 하버드 대학교 박사 학위자인, 화려한 경력을 갖춘 신임공정거래 위원장 후보에게 남자 국회의원이 "저출산 시대에 출산의무를 다했어야."라고 말했던 일은 여성의 삶이 가부장제 사회에서 얼마나 많은 후려침을 당해야 하는지, 그 일면을 드러낸 상징적 사건이었다.

18년 째 기자와 작가로, 강사이자 방송인으로 여성의 삶에 관한 글을 쓰고 목소리를 내온 내가, 포털 사이트 댓글 속에 '이혼한 주제에 아는 척하는 상폐녀*' 라는 표현의 대상이 되는 것도 이와 맥락을 같이 한다. 가부장제를 '감히' 탈출했으면 불행 속에 조용히 살아야 마땅한데, 부끄러워도 않

* 나이를 먹은 여자는 상장 폐지된 주식처럼 무가치하다는 의미의 여성혐오적 단어

고 당당하게 독립적으로 자기 인생을 사는 여성에게 질투를 숨기지 못하는 것이 어쩌면 가부장제가 숨기고 싶어 하는 일면일지도 모르겠다.

"언니처럼 당당하고 씩씩해질 수 있어요?"라는 질문에 나는 이미 답을 한 것 같다.
나는 나를 세상의 시선, 한국의 가부장적 시선으로 규정하지 않는다. 다만 내가 선택하고 이뤄낸 것들로 그리고 내 인생관과 지향점을 통해 나를 인식한다. 나는 스스로를 여성의 삶에 관해 글 쓰고 말하는 사람, 스스로의 힘으로 많은 것을 이뤄낸 사람, 한국 여성의 삶을 더 좋은 쪽으로 변화시키는 일을 해나갈 사람으로 규정한다. 이것이 바로 '자아정체감'의 핵심이고, 자신의 인생길을 당당하게 걸을 수 있는 자존감의 뿌리가 된다. 무엇을 위해 살 것인가, 어떻게 살 것인가를 진지하게 고민해야 한다. 인생은 그렇게 천천히 지나

가지 않는다. 목적지를 정하고 출발한 기차는 한낱 골목의 개들이 짖는다고 멈춰 서지 않는다.

매일 아침, 나는 고요히 앉아 나를 위해 그리고 세상을 위해 명상한다. 스스로를 어떤 존재로 인식할 것인가에 따라 결국 내가 하는 선택이 달라짐을 기억하는 삶이길. 세상의 편견 어린 시선에 위축되지 않고 자신의 목소리를 당당하게 내는 삶이기를.

그리하여 어떤 형태의 삶을 선택하든,
우리 모두에게
'혼자여서 괜찮은 하루', '혼자여서 괜찮은 삶'이 실현되기를.

혼자여서 괜찮은 하루

2019년 10월 2일 초판 1쇄
2021년 9월 15일 초판 11쇄

지은이 · 곽정은
펴낸이 · 박영미
펴낸곳 · 포르체

편　집 · 류다경, 원지연
마케팅 · 문서희, 박준혜

출판신고 · 2020년 7월 20일 제2020-000103호
전화 · 02-6083-0128 | 팩스 · 02-6008-0126 | 이메일 · porchetogo@gmail.com

ISBN 979-11-91393-34-7 (03810)

• 이 책의 국립중앙도서관 출판시도서목록은 서지정보유통지원시스템 홈페이지(http://seoji.nl.go.kr)와 국가자료공동목록시스템(http://www.nl.go.kr/kolisnet)에서 이용하실 수 있습니다.
• 잘못된 책은 구입하신 서점에서 바꿔드립니다.
• 책값은 뒤표지에 있습니다.

여러분의 소중한 원고를 보내주세요.
porchetogo@gmail.com